文士の遺言

なつかしき作家たちと昭和史

目次

第1章　わが人生の道を開く

第2章　司馬遼太郎さんの遺言

文士の遺言

なつかしき
作家たちと
昭和史

半藤一利

講談社

第3章　松本清張さんの真髄

第4章　亡き人たちからの伝言

文士の遺言

なつかしき作家たちと昭和史

第1章

わが人生の道を開く

悪しき子分

●「ナニトゾヨロシク」の電報

——あまりにも出来が悪くて駄目だと観念した一次試験に、なぜか通った。こうなりゃ神や仏も総動員だ、いっしょに先生にも、是非にもお出ましを願おう。ところで先生はどこにおられるのか。

昭和二十七年（一九五二年）秋、ひどい就職難の時代であった。その雑誌社では、二、三人の採用人員に押しかけた入社希望の大学卒が約七百人。だれもが〝縁故〟の二つや三つをもっていた。わたくしの頼みの綱は高見順先生。

その先生に、いまこそ絶大なる後押しを！と期待したものの、先生の所在がわからない。鎌倉の自邸は当分留守にして、箱根のセンキョウロウとかで静養されていると、前々から聞かされてはいたが、ただ箱根といわれたって元箱根もあれば塔之澤もある。広いのである。奥深いのである。しかし、テキは天下の文士である。神奈川県箱根センキョウロウ内で着くはずだと、超信念的確信をもって電報を打った。電文の中味は忘れた。ともかく先生のお力で、なんとかかの雑誌社へ押しこんでくれ、というわが悲鳴ではなかったか。

それにしてもなんたる無茶勝手か。厚かましさも程度を超えた。高見先生とはそれまでたったの一度しかお目にかかっていなかったのである。

その年の五月、先生の小説『朝の波紋』が映画化されたとき、現役の大学ボート選手であったわたくしは、仲間と特別出演で、撮影に協力した。小説の主人公がボート部の先輩という設定で、久しぶりに河にでて現役と練習マッチをする場面が映画にはさみこまれていた。

五所平之助監督のメガホンで、カメラの前で現役がスイスイ先輩艇を抜く、はずがうまくいかず、なんども繰り返しては汗をたっぷり流した。それを向島の艇庫の上で先生ご夫妻は楽しそうに参観しておられたのである。川風に吹かれて痩せて頼りなげに立つ先生の姿が、いまも鮮明に想いだされる。

その夜、吾妻橋のビヤホールの二階で、映画関係者、先輩とわたくしたち現役の選手の懇親会がひらかれ、

「大チャンというからもっと強いのかと思ったら、先輩艇をなかなか抜けないなんて、弱いんだねえ」

と先生に冷やかされながら、名刺を有難く頂戴したのを憶えている。普通よりやや大きな白

い厚紙に、高見順、とだけさっぱりと書かれていた。ナニトゾヨロシクの電報を打つとき、この名刺を母が仏壇にあげたのを、いま想いだした。

たったこれだけのご縁につながって、社会への第一歩にさいしての頼みの綱としたとは……。やはり自分の厚かましさに恥じいらねばならない。しかも、先生はこのときひどいノイローゼから脱けだそうと、悪戦苦闘されているときで。ある年譜はいう、「昭和二十七年　四十五歳　ノイローゼ激しく、執筆不能となり、奈良の古寺巡歴に過ごしてやや回復、原稿用紙にものを書くことができるようになったが、小説は無理で、『文學界』八月号から『昭和文学盛衰史』の連載をやっとはじめる」。

繰り返すが、なんということか、と思う。箱根仙石原への転地も、静養なんかではなく療養であった。艇庫に立った姿が風に飛びそうなほど頼りなげに見えたのも、そのせいであった。そうとも知らず、溺れるもののワラともいえる闇雲の電報。受けとって先生がそれにどんな気持を抱かれたか、想像するだけで顔が火照ってくる。

●「死について語る楽しみ」

昭和三十九年（一九六四年）の春、何日かにわたって、先生とゆっくり話をする機会をもつことができた。最初のガンの手術がすんで北鎌倉の自宅に戻られたとき。寝たきりの病床で先生は、いつのときも熱っぽく語ってくれた。その主な部分は「死について語る楽しみ」と題して「文藝春秋」同年七月号に掲載されている。

いわば先生を大恩人に、編集者としての人生を歩みだしたにもかかわらず、わたくしは自分でも妙に思うくらい、文学的なご縁を結んではいない。編集者としてわたくしは文学畑を歩むことがなく社会派畑に終始していたためもあるのであるが、担当して戴いた小説はただの一篇、昭和二十九年の「トリマカシー」があるきりである。あとは仕事外で、もっぱら酒席をともにするとか、これまた酒を呑む旅をともにするとか、よき編集者というより悪しき子分で終始した。恩返しをするどころか、生命を縮めるお手伝いに精出したようなものであったとは。

わたくしは、しかし、昭和三十五年に「文學界」に「いやな感じ」の連載がはじまったころから、いつの日にか先生のお役に立てるときがくる、とひそかに決意と自負を抱いた。そのちょっと前から、わたくしも自分なりに昭和史の勉強に没入しだしていたからである。

「この昭和時代を私が書きたいといふのは、この時代が波らんに富み、小説の材料にもつてこいだといふだけのことではない。……時代の変転は人間の変転であつた。そこにあるのは変貌といふより断絶である。昭和時代とは断絶の時代だらうか」

昭和三十六年秋に新聞で、先生のこの意見を読んだとき、先生が『激流』『いやな感じ』『大いなる手の影』と小説によって現代史と現代の精神とを書くのなら、わたくしもまたなんらかの型で、いや、ノンフィクションで、先生のあとを追って現代の変転と断絶とを書いてみたいと痛切に思ったことであった。

昭和三十九年春の何回かの対話はそれだけに楽しかったが、悲しいものであった。昭和を語る病床の先生の情熱をまともに浴びながら、たえずわたくしは時間を気にしなければならなかった。疲れが目に見えて現れた。

史実にたいする読みは鋭どく独創的で、ならば「先生にかわり、いまのお話の裏付けとなる史料をかならず探します」とわたくしがいうと、きまって淋しそうな翳《かげ》を先生は表情に浮かべるのであった。病気のぼくを慰めるために、できそうにもないことを気負っていわなくともいいよ、とその眼はわたくしに語っていた。

「せめてあと一年、時間をくださいと神様に頼んでいるんだがね」

先生はしばしばそういった。そういう先生を前に、いまのわたくしがいかに楽しんで昭和史の探究に没入しているかなど、とうていいう気持にはならなかった。先生の静かな心を乱してはならないと思ったからである。わたくしは悪しき子分であって、ついによき弟子になりえないことを思わないわけにはいかなかった。

（『高見順全集』10巻「月報」勁草書房）

〝歴史開眼〟のとき

●新米編集者の長逗留

「おーい、新人、キミは酒が飲めるか」

と「別冊文藝春秋」の編集長に声をかけられた。入社八日目のことである。

「大好きです。それに自慢ではないですが、強いです」

「そりゃ都合がいい、キミに行ってもらおう。桐生まですぐでかけてくれ。もうできているだろうから、もらったらすぐ戻ってきてくれ」

　こうしてホヤホヤの編集者のとき、わたくしは坂口安吾さんと初めて対面した。昭和二十八年（一九五三年）春のことである。その翌々年の二月に安吾さんは四十八歳で亡くなったのであるから、たったの二年足らずの担当ということになる。が、大きな人物から受ける影響は歳月の長短なんか関係がない。大学を卒《お》えたばかりの青二才にとって、ドカンと坂口安吾という強大な精神の巨砲にふっ飛ばされたような感じであった。

群馬県桐生市の書上邸の母屋に住まっていた安吾さんを訪ね、それから一週間、この大作家と同じ屋根の下で起き伏しした。夕食の酒盛りはいつも一緒であった。できあがっているはずの原稿であるのに、なんと、一枚も書いていないという。

「ま、今晩仕上げるから、ひと晩、わが家に泊まっていけや」

という安吾さんの言葉を信じたのである。それにすぐ帰るつもりであったから、旅館に泊まるほどの持ち合わせもなかった。旅行道具一式ももっていない。ところが毎朝毎朝（といっても昼ごろ）顔を合わせるたびに安吾さんは「もう少しだ、今夜も泊まれ」という。新米のこっちは原稿を手にするまでは帰社はならじと思っているから、じゃあもうひと晩ということで、一枚も貰えぬゆえのノホホンと長逗留と相成ったのである。

一週間たって、家をでたきり帰らないので心配になったわたくしの母が、会社に恐る恐る電話して尋ね、それでやっと会社のほうでも、安吾邸へ送りこんだ新人社員のことを思いだしてくれた。

「バカもん、一週間も泊まりこんで。いっぺんくらいは連絡しろ」

と編集長に電話口で怒鳴られ、すっかりしょげ返り、「原稿ができてもできなくても、明日帰ります」と申しでたら、その翌朝、安吾さんは四十枚の小説を渡してくれた。斎藤道三を書いた「梟雄《きょうゆう》」という短篇である。

そっと三千代夫人が教えてくれた。

「昨夜から今朝にかけて書き上げたのよ」

「エッ、それじゃいままで……？」

「そう、一枚も書いてなかったの」

これにはほんとうにびっくりした。

それでも意気揚々と帰社したら、「別冊文藝春秋」はもう校了になっている。もういっぺん「バカもん」と怒鳴られ、ついに役立たずであったのかと、心の底からしょげたら、編集長が原稿の束を高くかかげて大声でいった。

「オーイ、文藝春秋よ、安吾の短篇はいらんか」

「なに、安吾の小説、いるよ、もらった」

それで「梟雄」はわたくしの頭の上を右から左へとスウーと通り抜けていって、「文藝春秋」昭和二十八年六月号に載った。

●値千金の春の夜

そんな入社早々の仰天ばなしとともに、毎晩のように酒を飲みながら安吾さんの話を聞いた、そのことがなつかしく想いだせる。話題は古代史からはじまって戦後論まで、天衣無縫、奔放不羈《ほんぽうふき》とはこのことかいなと思った。この世に横行するニセの権威、ニセの道徳、ニセの倫理に向かって、壮烈に巨弾をぶっ放すような話に、浅学菲才はひたすら陶然とするのみである。生涯にあれほどかがやいた、わが心をゆすぶった、値千金の春の夜はなかったと思う。

ある夜、風呂に入るために越中フンドシ一つになったわたくしを、安吾さんは呼びとめた。

「おーい青年よ、フンドシはキミ、タオル地でつくるに限るぞ。そのまま風呂に入って石鹸をつけてカラダをこすれば、わざわざ洗濯なんかする必要がない」

そういってカラカラと笑った。

ちょうど『明治開化　安吾捕物帖』の第一集が出版された直後のころである。夫人より拝借して寝るとき読むのを楽しみとした。江戸ッ子的気っ風のよさからいったら天下一品の勝海舟が登場してくる。アームチェア・デテクティブよろしく、事件の推理をし犯人を名指しするが、すべて的はずれ。結局は洋行帰りの紳士探偵結城新十郎がホシをあげる。するときまって海舟が江戸ッ子一流の負け惜しみをいうのであるが、これがおかしくて寝床でククックッと腹をかかえた。

ある日、「週刊朝日」であったか週刊誌がとどき、その書評が載っていた。そこには「安吾の余技」の文字があった。廊下で日なたぼこをしながら読んでいた安吾さんは、いきなり立ち上がるとその雑誌を廊下に叩きつけ踏みにじり、庭に蹴落として、吼《ほ》えるように叫んだ。

「オレはいつだって真剣だ。オレの仕事には余技なんてものはないんだ」

そのときの安吾さんのギラギラするまなざしをうけとめて、わたくしは震え上がった。

「大化改新というのは政権奪取の蜂起なんかではなかった。皇極天皇の子の、中大兄皇子が智恵者の藤原鎌足と組んで、蘇我天皇家を倒すという革命だった、と見るべきなんだな」

ある夜、安吾さんはコップの冷や酒をぐびぐびやりながら、そう豪快にいい放った。神武・綏靖《すいぜい》・安寧・懿徳《いとく》・孝昭・孝安……と記憶する歴代天皇名をわざわざたどらなくとも、蘇我天皇が史上に存在するはずはない。ホントかいな……。

「もちろん、書かれたものとしては存在しないさ。なぜなら、聖徳太子と蘇我馬子が共同編録したといわれる『天皇記』『国記』『氏族本記』のほとんどがこの革命のさい完全消滅してしまったからな。『日本書紀』は、それらを蘇我氏が焼いたと書いてあるが、違うねェ。むしろ中大兄皇子と鎌足らが草の根をわけて探しだして徹底的に焼滅せしめたに違いない。また、そう見るのが正しい歴史眼さ。『天皇記』には、きっと蘇我家こそ天皇家である、とでも書いてあったに違いないからなあ」

なるほど、皇極天皇の四年（西暦六四五年）陰暦六月十二日、板蓋宮《いたぶきのみや》の大極殿で蘇我入鹿《いるか》を誅《ちゅう》したとき、別働隊はその翌日に父の蝦夷《えみし》の病臥する畝傍《うねび》山麓の蘇我邸を襲っている。すべてが迅速にはこばれた。不意討ちをくらって豪邸は炎上、蝦夷は炎のうちに自殺する。そしてこのとき、貴重この上ない『天皇記』『国記』などの史料は灰燼《かいじん》に帰していった。

『日本書紀』によれば、以上のような次第なんですが、考えてみれば『天皇記』『国記』という最高文書が蘇我家にしかなかった、というのも、おかしな話ですね」

「青年よ、お見事、お見事。いいところに気づいたぞ」

と、安吾さんはご機嫌で、書棚から八世紀はじめごろ書かれたとみられる『上宮聖徳法王帝説』(昭和十六年刊の岩波文庫本)をもちだしてくる。

「いいかね」と、この文献にある部分を安吾さんは示した。それは西暦六四三年に、蘇我入鹿が聖徳太子の子の山背《やましろ》大兄王とその一族を殺害した記事。

「飛鳥天皇御世、癸《みずのと》卯年十月十四日に、蘇我豊浦毛人《えみし》大臣の児・入鹿臣□□林太郎、伊加留《いかる》加《が》宮にいましと山代大兄及び昆弟（昆は兄の意）等、合せて十五王子ことごとく滅ぼす也」

また、その入鹿が殺された六四五年の記事はこうである。

「□□□天皇御世、乙巳《きのとみ》年六月十一日に、近江《おうみ》天皇、林太郎□□を殺し、明日を以て其の父・豊浦大臣子孫等を皆滅ぼす」

この両記事にある□の部分は欠字になっている。安吾さんは、虫くいなんかではなく意図的な欠字なんであるな、といった。しかも、

「はなはだ曰《いわ》くありげなところが欠字になっている」

と笑う。なお飛鳥天皇とは皇極天皇のこと、近江天皇はのちの天智天皇、林太郎とは蘇我入鹿を示す。

●探偵眼を働かせよ

「さて、前の〝入鹿臣□□林太郎〟の欠字だがね、これには、大王か、それに類する語を入れて読んでみる。あとの〝□□□大皇御世……〟の欠字には林太郎、または蘇我一門がいた甘《あま》檮岡《かしのおか》を、そして〝林太郎□□を殺し……〟には天皇を入れて読む。

どうかね。つまり、山背大兄王らを殺すとともに、そのあとで間違いなく蘇我氏は天皇位についた。民衆もそれを認めるにやぶさかでなかった、とオレは解するんだな。私製の、一人ぎめの天皇じゃ、こんな書き方をされるはずはないな」

正直なところ、もう一度〝ホントかいな〟と思った。しかしぐびぐびやりながら、圧倒的な自信と迫力をもって語る安吾さんを眺めていると、甘檮岡に君臨した蘇我入鹿こと林太郎天皇がそこにいるような気になってきたものである。

そりゃ当時の王権は〝共同体の象徴〟みたいなもので、飛鳥天皇と甘檮岡天皇のどっちが正統か、などということではない。としても、なぜそのような二つの天皇家が存在し、対立が生じ、対立はどう解消されたのか、それをえぐることが大切なんだな、と愚考しているわが顔を見やって、最後に、安吾さんは呵々大笑《かかたいしょう》していった。

「日本の古代史は探偵小説みたいなものさ。だから、記紀の記事をもって、これが史実だときめこんで、証拠の真偽の基準にする、しかもそれに疑いをもたない歴史家なんて、信ずるに足らんのじゃよ。要は自分なりの探偵眼を働かせることじゃな。キミみたいな雑誌の編集者にはとくにそれが大切ということなんだなぁ」

安吾さんにいわれるまでもない。たしかにその夜、歴史にたいするわたくしの眼はたしかに大きく見開いたといっていいであろう。

古きよき時代の編集者の、のんきな想い出ばなしである。なんにも教訓はない。編集者とはげにもよき仕事をえらんだものだと、安吾邸を辞するとき思った。いらい四十年編集者を楽しくやってきた。電話も自由にならず、もちろんＦＡＸなんかないから、依頼も原稿とりも直接に訪ねるほかはなかった。それでなんと沢山のすばらしい人に逢えたことか。すばらしい話をいっぱい聞いたことか。

（「文藝別冊　坂口安吾」／河出書房新社）

「歴史タンテイ」弟子入り

●『堕落論』の衝撃

わたくしが『堕落論』を知ったのは、旧制浦和高等学校時代。先輩のだれかが寮に置いていった『堕落論』を手にとったときです。

『堕落論』は、終戦間もない昭和二十一年（一九四六年）の「新潮」の四月号に掲載されましたが、わたくしが読んだのはその二年後。十七歳だったわたくしはまず、天皇や天皇制への言及に衝撃を受けたものです。坂口安吾さんのこんな物言いにショックを受けたのを、いまもはっきりと覚えています。

「天皇制は天皇によって生みだされたものではない。天皇は時に自ら陰謀を起したこともあるけれども、概して何もしておらず、その陰謀は常に成功のためしがなく、島流しとなったり、山奥へ逃げたり、そして結局常に政治的理由によってその存立を認められてきた」

自分たちが生まれてこのかた、現人神《あらひとがみ》として最敬礼するのみであった天皇陛下が、政治的な都合で表にでてきたり、裏に隠れたりする存在だったとは……。

高校の同級生たちとは、『堕落論』についてずいぶん語り合いましたが、人それぞれの受け止め方がありました。わたくしのようにショックを受けつつ感化されたものもいたし、それでも天皇陛下は神国日本の現人神なのだと主張する連中もいた。安吾の主張などどうでもいい、と関心を示さない学生もいました。

『堕落論』をどうとらえるか。それは、わたくしたちの世代にとっては、どんな戦争体験があったかによって、ずいぶん変わってくると思うんですよ。

ひとくくりに戦争体験といっても日本は広い。焼夷弾の降ってくるなかを逃げまどった人もいれば、地方の田舎町で防空演習以外に空襲サイレンを聞いたこともないまま、終戦を迎えた人もいるわけです。

東京の向島で生まれ育ったわたくしは、昭和二十年（一九四五年）三月十日の東京大空襲を体験しました。

空から落ちてくる焼夷弾と、家々を焼き尽くす炎に追われて逃げまどった。生きるために川に飛びこんだわたくしは、助かりたいがために、本能むきだしのふるまいに及んだ。生き延びたわたくしが翌朝目にしたのは、安吾さんが『白痴』で書いたそのままの光景でした。

「三月十日の大空襲の焼跡もまだ吹きあげる煙をくぐって伊沢は当《あて》もなく歩いていた。人間が焼鳥と同じようにあっちこっちに死んでいる。ひとかたまりに死んでいる」

わたくしは焼け跡に立ったとき、こうも思いました。これまでずっと教えこまれたものは、ただのレッテルにすぎなかった。勇ましいスローガンも、引っぺがしてみれば何もない。それは人間も同じで、爆弾が落ちて、「焼鳥」のように殺されてころがってしまうのだ。そして命の危険にさらされれば、簡単に本性がむきだしになる。なにより、自分自身の人間性がいやというほどよく分かった。それが三月十日の空襲体験でした。

この世に「絶対」はないのだと心底から思えたのも、このときでした。一夜にして絶対だと信じていたものがすべて崩れてしまった。そのときわたくしは、「もう二度と絶対などという言葉は使うものか」と己の心に誓いました。

そんなことがあったのも、『堕落論』を素直に受け入れる素地になったのではなかったかと思います。人間は堕《お》ちる。堕ちるところまで堕ちて、自分を発見すればいい。あとは這《は》い上がれ……。『堕落論』にこめられたメッセージに、わたくしは空襲体験も重なって、それまでにない刺激を感じました。

●戦争体験がもつ意味

『堕落論』は、終戦時に十五歳だったわたくしたちにさえ、大きな影響があったのですから、実際に戦地で戦ったもう少し上の世代の方々は、さらに複雑なとらえ方をしたようです。『堕落論』が発表された当時、その世代の方々の多くが、戦争に負けたという事実や意味を理解しかねていたのではないでしょうか。

彼らは、国を救うために死ななければならないと教えられ、激しい訓練に耐え、戦地に送られていった。そして、仲間が次々に死んでいくさまを目の当たりにしてきた。その過酷な戦争体験があるだけ、わたくしたちの世代よりも『堕落論』にはるかに戸惑い、反発や嫌悪を感じた人も多かったはずです。

いままでわたくしは、多くの戦争体験者の話を取材してきましたが、軍の上層部で指揮を執っていた将官から最前線の一兵士にいたるまで、立場にかかわらずほとんどの人が、その個人的体験の重さの前に口を閉ざします。

しかし、ひとたび口を開くことを決めた人の一言一言には、戦争体験を通して考え抜いた国家とは何か、そして、人間とは何かという思いが深くこめられています。戦争体験とは、それほどまで深く個人の人生にかかわってしまうものです。戦争を経験した年代、また人それぞれで『堕落論』のとらえ方が違うのは当然といえるでしょう。

わたくしたちは、戦後の食べ物にも困るほど貧しいなか、安吾さんの作品を読んだけれど、わたくしたちとは違った甘ったれた体験をしてきた現代の若者たちが、安吾さんの作品をどんなふうに読むんだろうかと考えると、さまざまな想像をかきたてられますね。

わたくしの『坂口安吾と太平洋戦争』（ＰＨＰ研究所）は、戦争中の安吾さんの足跡を追いかけたものだけれど、当時の安吾さんは三十代の青年です。

いま、追いつめられたような思いをして生きている若い人たちが増えているのは、確かかもしれない。だけど、あの国を挙げての戦争の最中にも、これだけ堂々と生きていた青年もいた。いまの人たちにもっと安吾さんのことを知ってほしいという思いもありました。安吾さんの三十代は、まあ無茶苦茶だったんだけどね。

●人生の道が開けた瞬間

前述したように、わたくしが安吾さんとはじめて会ったのは、昭和二十八年（一九五三年）の春でした。新米編集者だったわたくしは、先輩から「原稿をとってくるように」といわれて、群馬県桐生市の安吾さんの住居を訪ねました。

当時の安吾さんといえば、すごい勢いで原稿を書いている売れっ子だけど、しょっちゅう揉《も》めごとも起こしている。まあ「あぶれ者作家」というイメージです。

とはいえ、わたくしの役目はすでに書き上がった原稿をもらうだけ。楽な仕事だと思っていたのですが、甘かった。安吾さんは、原稿用紙一枚どころか、ただの一行も書いていなかった。

原稿を待とうにも、往復の電車賃しか持っていないから旅館にも泊まれない。どうしたものかと考えているわたくしに、奥様の三千代さんが「できあがるまでここにお泊まりになられるといいわ」と言葉をかけてくれました。それから安吾さんが原稿を書き上げるまでの一週間、朝から晩まで安吾さんと一緒に過ごしました。しかし、昼間は安吾さんは書斎に籠もるでもなく、わたくしを映画に誘ったりするのです。

「先生、そろそろ原稿書いてくださいよ」とわたくしがお願いすると、「大丈夫、大丈夫。あともう少しだ」と気にする様子もなく、桐生の映画館をはしごする。といっても三軒しかないから、三日かけて全部まわるとまた同じ映画を見ることになる。

「先生、この映画、前も見ましたよ」

「いいんだ、いいんだ」

安吾さんはそういって、また同じ場面で大笑いしている。

夜になると、今度は酒を飲みながらの日本の歴史講義です。当時の安吾さんは『信長』を書いていた時期だったから、頭のなかは、戦国時代でいっぱいだったんでしょう。

安吾さんは、「戦国とはつまり戦後なんだ」というのです。古い権威に対する反発や伝統に対する不信や怒りがある。そして、新しいものに対する憧憬《しょうけい》、偶像破壊への期待がある。これが戦国でもあるし、この戦後なんだ、と。

わたくしは、安吾さんの歴史観を聞いて、頭を殴られたような衝撃を受けました。そして、歴史を知るうえで、文献の行間を読む重要性を思い知らされました。「事実」も大事だが、その先にある「真実」を追究すべきであると教えられました。なにより「歴史タンテイ」を名乗る安吾さんの話の面白さに引きこまれて、わたくしはもう勝手に許可も得ないで、「歴史タンテイ」弟子入りを決めたのでした。

安吾さんが亡くなったのは、わたくしが桐生のお宅を訪ねた二年後の昭和三十年（一九五五年）です。のちに三千代さんが書かれた『クラクラ日記』を読んでみると、わたくしが訪ねたころの安吾さんは、心理的にもとても穏やかな時期だったようです。

ともかく安吾さんは、東京からのこのこやって来た新米編集者相手に、一週間ぶっ続けに歴史講義をしてくれた。当時は、意識していなかったけれども、いまになってみると、わたくしの人生の道が開けた瞬間は、あの一週間だといっても過言ではないと感じています。

安吾さんは、時代に迎合せず、だれにも媚《こ》びず、自分の道を歩いた作家でした。

●戦時下の野心作

昭和十三年（一九三八年）に出した『吹雪物語』という野心的な長編小説があります。安吾さんとしては、自分の半生をかけた渾身《こんしん》の一作との思いで世にだしたようですが、残念ながら当時の読者にはまったく受け入れられなかった。

その当時に書かれ、いまも読まれている作品といえば、永井荷風の『濹東綺譚』や川端康成の『雪国』、堀辰雄の『風立ちぬ』といった作品です。後の世の読者にも、『吹雪物語』は、当時の安吾さんが自負していたほど読まれているわけではありません。

評価されなかったのは、作品そのものの出来のせいもあったかもしれませんが、当時の時代背景も大きく影響していると考えられます。

『吹雪物語』が出版される前年の昭和十二年（一九三七年）に日中戦争が起こり、戦時下となって、人々が小説を楽しむどころではなくなってしまった。文学にしても、従軍記といったものがもてはやされるようになった時代に、愛とは何かと問うような野心作『吹雪物語』が売れるわけがありません。よく発禁にならなかったものです。

それでも、安吾さんは、流行や時勢に合わせるような小説を書こうとはしなかった。あの通り不敵な人でしたから、食うために作品を書くなんて考えもしなかったのでしょう。

けれども、どこか取り残されてしまったのではないか、という危機感は強くもっていた。苦しみながら、作家として真剣勝負の道を模索していたのです。

そんな状況で、安吾さんは、『夜長姫と耳男』や『桜の森の満開の下』に代表されるおとぎ話のような物語を通して現代を描くという手法を確立し、歴史小説に希望を見出していくわけです。しかし、それがまだ世の日の目を見るタイミングではなかった。

戦争が激しくなると安吾さんは、ほとんど作品を書かずに徹底的に戦争を観察してやる、見物してやる、という態度を貫きます。この国と人の行く末をじっと見つめ続けた体験が、戦後の『堕落論』や『白痴』につながっていくわけです。

「人間が焼鳥と同じようにあっちこっちに死んでいる。ひとかたまりに死んでいる。まったく焼鳥と同じことだ。怖くもなければ、汚くもない。犬と並んで同じように焼かれている死体もあるが、それは全く犬死で、然しそこにはその犬死の悲痛さも感慨すらも有りはしない」（『白痴』）

三月十日の東京大空襲のあとのこの下町の光景。このリアリズム！

安吾さんは、なにも世の中に警鐘を鳴らそうとか、一旗揚げてやろうとか、そんなことを考えて筆を執ったのではありません。戦争を見つめ続け、生き抜き、蓄積された思いがついに溢れて、そうしてあの『堕落論』が生まれたのです。

安吾さんにとっての終戦は昭和二十年八月十五日ではなかった。『堕落論』を書き上げたときこそが、安吾さんの戦争が終わった瞬間だといえるのではないかと思います。

（「望星」２００９年６月号）

漂泊の達人、永井荷風

●亡命者ゆえに見えたもの

永井荷風の書き残した膨大な日記『断腸亭日乗』は、一面から見ると、荷風さんの女性関係日記であり、売色観察日記といえるものです。そこに描かれているさまざまな女性たちと交渉をもつ荷風像や日常には、どうしても華やかながら奇矯《ききょう》なものが感じられてしまいます。しかし、丁寧に読んでみると、それ以上に、『日乗』は荷風の文明批評の書であり、昭和史論であり、慷慨《こうがい》の書であることがよく分かります。

終戦後になって、自分はいかにあの戦争に反対したか、いかに挙国一致体制に非協力的であったか、といったことを力説した不愉快な文章をいくつも読まされましたが、それらにくらべて、『断腸亭日乗』の一行一行には、不動の矜持《きょうじ》と鋭利な批評精神が感じられてただただ感服するほかはないのです。一億総軍国主義者のときに、これほど冷静で、正気で、平常心を保った文章を残すことのできた人がいたなんて、日本人もまんざら捨てたものじゃないよな、とわたくしは救われた想いをいつも感じるのです。

こうした戦時下の荷風さんの存在を、グラグラと煮立っている鍋の底にゴロンと転がっている石、とわたくしはいつも評することにしています。石はまわりがどんなに熱くなろうとも、決して熱を帯びたり熱に浮かれたりしません。熱気で崩れて存在を失ったりしません。デンとして、いつまでもそこに存在し、まわりの情けなくも浅ましい姿に冷たい視線を送り続けているのです。

わたくしがいちばん最初に思わず目を瞠《みは》ったのは、『日乗』の昭和十六年（一九四一年）六月十五日の記載でした。荷風さんは太平洋戦争直前というあの狂気の嵐の吹き荒れる時代に、なんと、こんな大胆なことを書いていたのです。

「日支今回の戦争は日本軍の張作霖《ちょうさくりん》暗殺及び満洲侵略に始まる。日本軍は暴支膺懲《ぼうしようちょう》と称して支那の領土を侵略し始めしが、長期戦争に窮し果て俄《にわか》に名目を変じて聖戦と称する無意味の語を用い出したり。欧洲戦乱以後英軍振わざるに乗じ、日本政府は独伊の旗下に随従し南洋進出を企図《きと》するに至れるなり。然《しか》れどもこれは無智の軍人等及猛悪なる壮士等の企《くわだて》るところにして一般人民のよろこぶところに非《あ》らず。国民一般の政府の命令に服従して南京米を喰いて不平を言わざるは恐怖の結果なり。麻布連隊叛乱の状を見て恐怖せし結果なり。（以下略）」

荷風さんは戯作者をもって自認していました。つまり、好いたの惚《ほ》れたの文章だけを書く遊び人的作家の意です。ところが、その人がじつは端倪《たんげい》すべからざる確かな歴史眼をもっていることを、この六月十五日の記載はものの見事に証明しているのですね。張作霖爆殺（昭和三年）、満洲事変（昭和六年）、二・二六事件（昭和十一年）、日中戦争（昭和十二年）、日独伊三国同盟（昭和十五年）という今日ではイロハになっている〝太平洋戦争への道〟が、昭和十六年六月という時点で、荷風さんの眼にはハッキリと見えていたことになる。そうです、米英討つべし、欲しがりません勝つまではの当時の国民的熱狂に流されていれば、とうてい見えるはずのないことであったのです。

戦前・戦中そして戦後の昭和という時代を生きて、荷風さんは結局は日本人ではなかったのじゃないか、と思えるのです。始終かりそめの世に棲《す》んでいたのでしょう。日本にいながら、日本からの亡命者であり続けた。戦前の「皇国」意識とも、戦後の「解放」意識とも、縁なき存在で終始した。首尾一貫して、政治や社会の変容の背後にある不気味な闇だけを見つめてきた。それで歴史の裏というものがよく見えたのではないかと思うのです。それは亡命者だからよく見えた、と端的にいいかえてもいいのかもしれません。

●国家のヤラセを暴く

昔ばなしになりますが、わたくしが生まれた東京府下南葛飾郡吾嬬《あずま》村字大畑が、東京市に編入され東京市向島区吾嬬町になったのは、昭和七年（一九三二年）十月一日の市区改編のときから。このとき、それまでの十五区が三十五区にいっぺんに拡大して、「市民五百万人」「世界第二位の大都市」と誇って大いに祝ったものであるそうな。もちろん、数え年三つのわたくしには知るはずのない話なんですが。

「いつもの如く食事せんとて銀座に往《ゆ》くに花電車今しがた通過したる後なる由《よし》。人出おびたゞし。商店の軒には大東京カアニバルなどいう大文字を掲げたり」

と、生まれてからずっと東京市民であった荷風さんは、この日の盛事をごくごくソッケなく『日乗』に書いています。

そして翌八年になると、大都市誕生を祝するかのように、突如として、「東京音頭」の大狂騒曲が流れだしたんだそうです。なんて書くと、プロ野球のスワローズ応援団の一員を自負するくせに、なんだ、そのソッケのなさは、とドヤされそうですが、例の「踊りおどるなーら」であり、「ヤーットナー、ソレ、コイヨイヨイ」であります。しかも、その人気は昭和十年まで静まることなく続いたといいます。

ところで、昭和八年といえば、外には満洲国建国をめぐって国際連盟から脱退して日本は世界の「栄光ある孤児」となり、内には京都大学の滝川事件があって学問の自由にたいする不当な干渉と弾圧の幕が開いたとき。また、軍部の指導による関東地方防空大演習が実施され、関東平野が真っ暗になり、その後もしょっちゅう灯火管制あり防空演習あり。とにもかくにも世は「非常時」で、とてもヨイヨイなんて囃《はや》しているときではなかったのです。それなのに、どうしてこんなに流行ったのか。

いや、それだからこそ、つまり対外的な緊張や社会的不安を解消するためにいちばんの効能あるものは、お祭りなんです。それはいつの世だって変わりません。そうだ、幕末には、倒幕の志士たちが計画的に煽動したといわれる「ええじゃないか」狂騒曲があった。あのテがあるぞ、あれをそっくり戴いて、と時の知恵者が考えたにちがいない、と思えるのです。そう、その巧妙な仕掛けによる集団的乱舞の、しばしの現実逃避が、ヤーットナー、ソレ、ヨイヨイヨイであったのです。そもそも国家というものは、いつでもどこでも、祝祭によって人心をまとめあげ、挙国一致体制をつくっていくんですな。

さて、なんとも通俗で、浮薄で、ナンセンスで、やたら威勢だけはいい歌（ヤクルト・ファンよ、怒るなかれ）を、荷風さんが好ましく思うわけがないことは書くまでもありません。ですから、『日乗』ではほとんど無視されています。が、名作『濹東綺譚』の「作後贅言《ぜいげん》」で、荷風さんは彼一流の洞察力を駆使して、見事に国家のヤラセを暴いているのです。それがすこぶる愉快千万に思えてくるのです。

「東京市内の公園で若い男女の舞踏《ぶとう》をなすことは、これまで一たびも許可せられた前例がない。（中略）東京では江戸のむかし山の手の屋敷町に限って、田舎から出て来た奉公人が盆踊をする事を許されていたが、町民一般は氏神の祭礼に狂奔《きょうほん》するばかりで盆に踊る習慣はなかったのである」

歴史的事実をもってかくもヤワセを証明するあたり、荷風さんをわが歴史探偵団の一員に加えて、ソレ、ヨイヨイヨイとやりたくなってくる。

●戦時下の風俗

小品といったほうがいい短篇に「女中のはなし」があります。昭和十三年に書かれたこの作品をわたくしは好んでいます。雇いいれた地方出の女中（お手伝いさん）が、この家の独身の主人が不在がちであるのをいいことに、毎晩、家をあけて外出する。それはダンスの教習所へ通い、いつかダンサーとなって、大いに金を貯めようとしていたのであったという内容。単純な話ながら、さりげなく戦時下の風俗の移りを描く荷風さんの筆は、とても鮮やかなのです。

その冒頭あたりのところを。

「たしか霞ケ関三年坂のお屋敷で、白昼に人が殺された事のあった年であったと思うので、（中略）その時分から際立って世の中の変り出したことは、折々路傍《みちばた》の電信柱や、橋の欄干《らんかん》などに貼り出される宣伝の文字を見ても、満更わからない訳ではなかったものゝ（中略）。いかに世の中が変ろうとも、女の髪の形や着るものにまで、厳しいお触《ふれ》が出ようとは、誰《たれ》一人予想するものはなかった」

ここにでてくる白昼の殺人とは、昭和七年五月十五日に首相官邸で、犬養毅《いぬかいつよし》首相が海軍士官たちに射殺された五・一五事件のことで、その時分から世の中がおかしく変わりだしたのは、荷風さんの観察どおりです。大日本帝国は加速度をまして軍国主義国家となっていく。そして日中戦争が勃発し、すぐに終わるどころか激しさをますいっぽう、忠勇なる兵士が大陸で戦っているこの非常時に、ありとあらゆる贅沢はまかりならん、となり、贅沢と思われることはすべて廃止の時代となる。お蔭で、女性のパーマネントや派手な着物が狙われるとは、お釈迦さまでも気がつくめえ、とみんなが仰天したものでした。

さらには、この非常時に、男女が相擁して踊っているとは何事なるか、というわけで、ダンスホールに厳しいお達しが下されたのです。

『日乗』の昭和十二年十二月二十九日にそのことが記されています。

「この日夕刊紙上に全国ダンシングホール明春四月限閉止の令出づ。目下踊子全国にて弐千余人ありと云う。この次はカフェー禁止そのまた次は小説禁止の令出づるなるべし。可恐《おそるべし》〻〻」

短篇「女中のはなし」は、この禁止令にコチンときて、荷風さんがいかにも彼らしく皮肉たっぷりに書いたものと、わたくしは判定している。

なお、なにがしかの抵抗があって、実際にダンスホールが完全封鎖されたのは、三年近くあとの昭和十五年十月三十一日のこと。いよいよラストで、ワルツの「蛍の光」が演奏されたとき、ホールのあちらこちらですすり泣く声のみが高かった。それはまさしく西條八十《さいじょうやそ》作詞の「明けりゃダンサーの涙雨」そのものであったとかいわれています。

ただし、この日の『日乗』には、「好く晴れたり」とあるだけで、ダンサーの涙雨についての記載はまったくありません。

●フランスではすべてが美しい

日本にいながら日本からの亡命者、とさっき書きました。しかし、もしも亡命することができるなら、いったい、どこの国に亡命したかったのか、と考えれば、これはもう文句なしにフランスであると思います。一にノフランス、二にもフランス。そんな絶賛また絶賛の荷風さんに、時として若干の閉口を感ずることもあります。長篇『ふらんす物語』は全篇これが手放しのフランス讃歌。たとえば「おもかげ」の章にでてくるカフェで出会ったいわくありげな中年女性なんか、

「巴里《パリ》の女は決して年を取らないと云うけれど、実際だと自分は思った。年のない女とはかゝるものを云うのであろう。……其の襟元の美しさ、其の肩の優しさ、玉の様に爪を磨いた指先

の細さに、男は万事を忘れて……」

と、さながら女神のごとく書かれていますが、なんと、この女は留学中の日本人画家の思いものなんです。オイオイ、荷風爺さんよ、いい加減にしてくださいましな、といいたくなります。とにかく、荷風さんにあっては、フランスではすべてのものは美しく、軟らかく、人の空想を刺激し、陶酔させるものであるんですな。

では、なぜ、亡命しなかったのか。ヒトラーのナチス・ドイツに完膚なきまでにやられて、国家のかたちをなしていなかった。ドイツによる占領下のフランスは、日本よりもっとひどい軍事国家になっているからです。これじゃ亡命したくたってできはしない。そしてこのかわりにドイツ憎し、それは極点に達していたと考えられます。そのドイツと日本は昭和十五年（一九四〇年）の九月に同盟を結んだのですから、もう荷風さんは絶望するほかはない。二十七日に同盟締結が正式に公表される。翌二十八日の『日乗』がこよなく、いい。

「晴。世の噂によれば日本は独逸伊太利《ドイツイタリア》両国と盟約を結びしと云う。愛国者は常に言えり。日本には世界無類の日本精神なるものあり。外国の真似をするに及ばずと。然《しか》るに自ら辞を低くし腰を屈して侵略不仁《ふじん》の国と盟約をなす。国家の恥辱之より大なるは無し。其原因は種々なるべしと雖《いえども》、余は畢竟《ひっきょう》儒教の衰滅したるに因《よ》るものと思うなり。燈刻漫歩。池の端揚出しに夕飯を喫し浅草を過ぎて玉の井に至る」

引用の「燈刻漫歩」以下の一行はちょっと余分であるけれども、じつはわたくしの大いに気に入っているところなんです。国家、政策、世論、ジャーナリズムなどにいっさい踊らされることなき荷風さんの生き方はまことに結構この上ない。独伊を侵略国家かつ仁義なき国家ととらえている点も、結構結構結構。良識ある人びとならそれが共通の認識ではなかったか、と書きたいところであるけれど、昭和十五年の日本はとてもそんな素敵な国にあらず。これは極少の少数意見でしかなかったのです。だれも三国同盟を「国家の恥辱」などと思ってもいなかったのです。

ついでに書いておくと、昭和二十年（一九四五年）四月三十日、ヒトラー自殺、そして五月三日の『日乗』には、

「新聞紙ヒトラームソリニの二兇《にきょう》戦敗《いくさやぶ》れて死したる由を報ず、天網《てんもう》疎《そ》ならず平和克復の日も遠きに非《あ》らざるべし」

とあり、ドイツ嫌いもここにきわまって、その首魁の死の報に、天網恢恢《かいかい》と快哉を叫んでいます。ただし、天網……以下の一行は生前の全集では削られています。戦後の、平和回復のときを迎え、人の死にたいしていくらなんでもこの喜びようはあるまい、とでもさすがの荷風さんも思ったのかもしれません。

●月と静かな対話を交わす

昭和十六年十二月八日、真珠湾攻撃によって太平洋戦争がはじまりました。

たとえば作家の横光利一は「戦いはついに始まった。そして大勝した。先祖を神だと信じた民族が勝ったのだ」と感動の文字を日記に記しました。評論家の亀井勝一郎は直後に「勝利は、日本民族にとって実に長いあいだの夢であったと思う。(中略)維新以来我ら祖先の抱いた無念の思いを、一挙にして晴すべきときが来たのである」と感想を書きました。そのようにほとんどの日本人が万歳、万歳と叫んで興奮の絶頂に達し、勝利の快感に酔っていたのです。

ところが荷風さんです。寝床で、午前中いっぱい、何も知らずに発売のあてのない小説をシコシコと書きはじめています。それから昼食をとるために外へでます。『日乗』にはそのあとがこう書かれています。

「日米開戦の号外出づ。帰途銀座食堂にて食事中燈火管制となる。街頭商店の灯は追〻に消え行きしが電車自動車は灯を消さず、省線は如何にや。余が乗りたる電車乗客雑沓せるが中に黄いろい声を張上げて演舌をなすものあり」

これが全文です。その前の日までの記述とまったく変化なし。少しも興奮などせず、世の中のことを冷徹に観察しているのです。翌日がまた素敵です。

「くもりて午後より雨。開戦の号外出でゝより近鄰物静になり来訪者もなければ半日心やすく午睡することを得たり。夜小説執筆。雨声瀟々《しょうしょう》たり」

どうでしょうか。グラグラと沸騰する鍋の底にゴロンと転がる石、といういい方がぴったりと当たっているのではないですか。

「雨声瀟々たり」からの連想で、『日乗』をパラパラしていると、オヤと気づくことがありました。それはごくごく御機嫌なときに、荷風さんは『日乗』にそっと月をだすことでした。あるいはほんとうにその夜に月がでていたのかもしれません。いや、じつはでていなかったにもかかわらず、わざわざ月をだしてみたのではないかなと疑ってみたくなります。昭和十九年十二月からB29による空襲が日本本土にはじまります。『日乗』には皓々《こうこう》たる月はまったくでなくなります。

ところが、昭和二十年八月十五日、大日本帝国が降伏して戦争が終わります。そうするとやたらに月がでてくるのです。そうと気づいて読んでいるうちに、思わず腹をかかえて笑ってしまいました。

「……郵書を奈良県生駒郡法隆寺村に避難せる島中雄作に寄す、また礼状を勝山に送る、月佳なり」（八月十六日）

「……深夜月佳なり」（八月十九日）

「……此夜月まどかなり、思うに旧七月の幾望《きぼう》なるべし、来月は早くも中秋なり、漂泊の身今年はいずこの里いずこの町に至りて良夜の月を見るならむ、東京を去りてよりいつか九十日に近くなりぬ」（二十一日）

まさしく荷風は月の詩人であったのです。孤独なおのれの姿、漂泊の身の自分を月に託して、月と静かな対話を交わし、われとわが心を慰めていたのでしょう。

そう考えると、昭和二十年三月十日、空襲で自分の家を焼かれたときの『日乗』の記述には、自然と襟を正しくして読まなければいけない、という気になります。この日の未明、日誌および小説の草稿を入れた鞄をさげて庭にでると、火の粉がもう烈風に煽られ紛々として荷風さんのまわりに落ちてくる。もはや類焼はまぬかれまいと、荷風は家を捨てて避難の道を急ぐのです。これは名文中の名文で、全部を引用したくなりますが、そうもいかないので肝腎のところだけを。

「余は山谷町の横町より霊南坂上に出で西班牙《スペイン》公使館側の空地に憩う、下弦の繊月《せんげつ》凄然として愛宕山《あたごやま》の方に昇るを見る、荷物を背負いて逃来る人ゝの中に平生顔を見知りたる近鄰の人も多く打まじりたり」

と、悲劇的な情景のなかに、荷風さんは凄然たる月をのぼらせているのです。同じ三月十日に向島で焼けだされ、わたくしも九死に一生を得るという体験をしていますが、とても月を見る余裕なんかなかった。第一、あの夜に月がでていたかどうか、その記憶もありません。大きな火柱がつぎつぎに地上から噴騰して、強風に煽られて火流となって大通りを走り、火を消すべき消防自動車が火を噴いて転げた。そんな悲惨のなかで、当時もうすぐ満十五歳の悪ガキのわたくしに月を眺める余裕なんかがあるはずはありませんでしたが。

爆撃する後続のB29搭乗員は、噴き昇る火炎の明かりで時計の文字盤が読めたといいます。そんななかで月をきっちり眺めている。感嘆せざるをえません。荷風さんは孤独に徹して、だれも頼らずだれにも頼られず、漂泊の人生を生き抜いてきた。さすがに達人は違うんだと、あらためて脱帽するばかりなんです。

「落る葉は残らず落ちて昼の月」

荷風さんの句です。おそらく情景というよりはおのれの心境を詠《よ》んだものでしょう。裸木にかかったように浮かぶ昼の月――孤独なおのれの姿なんだと思います。

昭和三十四年（一九五九年）四月三十日未明、荷風さんはぽっくりと孤独のままに逝きました。その三十四年の最後に見た月は。

「四月廿三日。風雨纔《わずか》に歇《や》む。小林来る。晴。夜月よし」

（「ＮＨＫ知るを楽しむ　私のこだわり人物伝」／２００８年８-９月）

戦争直後の荷風

●死神が迎えにくるまで

『断腸亭日乗』にこう記されている。戦時下の昭和十八年（一九四三年）四月二十四日のこと。肝腎なところだけを引く。

午後下谷うさぎや主人和書製本師池上氏同伴にて来り話す。余が日誌二十六七冊にもなりたれば其帙《ちつ》の仕立を池上氏に依頼す。

この池上氏とは俳人でもあった和書製本師の池上幸二郎で、この人によって『日乗』が製本されたことがわかる。四月二十四日といえば、連合艦隊司令長官山本五十六大将が戦死した直後のことで（発表は五月二十一日）、戦勢は傾きつつあったときであるが、国力にまだいくらかの余裕もあり、まったくいいときに荷風さんはいい人にめぐり合ったものといえる。

平成二十年（二〇〇八年）初秋、わたくしはその美しく製本された『日乗』（全篇）を、心ゆくまで賞味する幸運に浴することができた。荷風展などでケースのガラス越しに眺める機会がこれまでにもしばしばあったものの、わが掌《てのひら》に乗せ（白手袋をしていたが）、ページを自由にめくることができるとは、と至極満悦した一刻を過ごすことができた。

とにかく和紙に毛筆で綺麗に清書され、同じ装丁のもとにきちんと製本されている。荷風さんによっていかに戦前の日々の記録『日乗』が大事にされていたかがわかる。ところが、それらにくらべて戦後のそれは、お粗末なこと、と思わず嘆声を発したくなった。型も大小の学生用ノート・ブックに記されていて、毛筆による清書ではない。昭和二十年十一月一日には、敗戦直後の物資欠乏で上質の和紙はなくなり筆もろくなものがないので、日記執筆を中止する覚悟をいったんは決めたという。しかし思い直したことが『日乗』に書かれている。

毎夜就寝前その日〳〵の事を識す戯れも今は楽しからず、日記はこのまゝ中止せんかとも思ひしがそれも何やら残り惜しく、命のあらんがかぎりまたもやよしなき事を書きつくることゝはなしぬ、

そんな情けない物資の事情もあって、日々の生活内容もさることながら、『日乗』こそはお

のれの最高の作品と見る荷風さんの意思と情熱とが、戦後は完全に萎《な》えてしまったのであろう。しかし、それよりもなによりも、戦後の荷風は生きる意欲を失ってしまったと見るほうがいいのではないか。

もともと荷風さんは「無常感」を信条とする作家ではあった。作品や書簡でもその言葉を多く吐露《とろ》している。戦中・戦後の『日乗』でもそれをいくつも見ることができる。たとえばその一例。

仮橋を渡れば道おのづから城内に入る、処処に札を立てゝ旧跡の由来を掲示す、人家の門《もん》墻《しょう》中今猶《なお》維新前武家長屋の面影を残せしものなしとせず、荒廃の状人をして時代変遷の是非なきを知らしむ、況《いわん》や刻下戦乱の世の情勢を思ふや、諸行無常の感一層切なるを覚ゆ、（以下略）（昭和二十年六月二十日）

この無常感は、戦い破れて国家敗亡の戦後にはいっそう深まったと思われる。国破れて山河あり、戦災死を覚悟しながらも荷風は思いもかけず生き残ってしまったのである。昭和二十年十二月十日に書き上げられた「冬日の窓」という随筆（発表は二十一年二月）に、戦後すぐの荷風さんの心境がまことによくでている。少し長く引用する。

爆弾はわたくしの家と蔵書とを焼いた。（中略）今よりして後、死の来るまで――それはさほど遠いことではなからうが――それまでの間継続されさうな文筆生活の前途を望見する時頗《すこぶる》途法に暮れながら、わたくしは西行と芭蕉の事を思ひ浮べる。（中略）一人は宮中護衛の職務と妻子とを捨て、他の一人も亦《また》同じやうに祖先伝来の家禄を顧みず、共に放浪の身の自由にあこがれ、別離の哀愁に人の運命を悲しんだ。いづれにしても希望の声を世に伝へたものではない。

戦後すぐの荷風は、死の希求を捨てたかわりに、世俗とはよりいっそう孤絶して、放浪に徹し、いつの日にか野ざらしになることを、どうやらおのれの生き方と思い定めた。もう自分の城をもたず、爆弾で死なかったかわりに、死神が迎えにくるまであなたまかせの風狂の徒となることを肯《うけが》ったのである。

いいかえると、死なかったゆえやむをえずただ生きていく、というギリギリの覚悟といったらいいか。そして、ただ生きていく証しとして、日記『断腸亭日乗』だけは書いていく。日記を死のその日まで記し続ける、その覚悟といったほうが正確か。

●已むなく生きている悲痛

戦後の、きちんと装丁されていない大学ノートの『日乗』は、今日も死ななかった、という余残の日々の溜息を記すには、ほんとうにふさわしい体裁を保っているといったらいいか。

粥腹のひもじさ堪がたければ昼夜臥床に在りて読書に時間を消するのみ、あまり寒くならぬ中、何か一二篇筆とりて置かむものと思へど空腹の為その気力にも乏しくなれり、読む書物とてもなければ、帝国文庫本高僧実伝をひらき見る、さして興なけれど読ざるにはまされり、死なざるが故に已《や》むことを得ず生きてゐるとはかくの如き生涯を言ふなるべし、(後略)(二十年九月二十二日)

これは熱海での仮住居のころ。あるいはまた、市川に移ってからの、

午前うさぎや来話。深更かすかに除夜の鐘の鳴るをきく。いづこの寺にや。本年は実に凶年なりき。六月に蔵書の大半を盗まれ年末に至りて扶桑書房の為に十六万円の印税金を踏み倒さる。而《しこう》して枯れ果てたる老軀の猶死せざる。是《これ》亦最大の不幸なるべし。(二十二年十二月三十一日)

深々とした「死なざるが故に已むことを得ず生きている」絶望感がこっちの胸に響いてくる。

それだけに戦前には山ほどもあったのに、戦後の『日乗』をパラパラしていて、そこにつけられていたたった一つの朱点（岩波旧版全集では●印）が気になってたまらなくなった。戦前の●印は「概《おおむ》ね女性に関係ある記載」（秋庭太郎説）ということで文学的には解決ずみのようであるし、戦後には朱点はなくなってほとんどすべて○印。これは艶福とは無関係と見るのが正しいようである。が、そのなかにぽつんと二十二年二月二十七日の項には、明らかに朱点がつけられていた。

引用は略すが、この日、荷風さんは久しぶりにいくらかエロチックな体験をしたらしいことが推察できる。ところは新小岩の〝赤線〟東京パレス。そうか、荷風さんも已むなく人生をひきずってきているが、時には老齢ながら生命の炎を燃やすときもあったのか、と大いに祝福する気になった。そして、ずっとその想いをいだいてきた。

ところが、ごく最近になって、吉行淳之介氏のエッセイ集『不作法紳士』（集英社）のなかの、氏が東京パレスに遊んだときのことを書いた「荷風の三十分」を読んで、しばし憮然となった。

私は後日、荷風の相手をしたという女の部屋に上ったことがある。これは嘘か本当か分らないが、その女のいうには、荷風は女のそばに軀《からだ》を横たえて、じっと抱きしめるのだそうだ。なにもしないでただじっと横になっていてきっかり三十分経つと立ち上って身支度する。そして、三百円置いて帰ったという。当時、一時間五百円、泊まって千円から千五百円が相場であった。

時に荷風さんは、と改めて年齢を書くのは悪趣味であろう。じつはその二日前に、『日乗』によると同所をあらかじめ探索して、「半時間金百円一時間二百円。一泊夜九時より八百円、十一時頃より六百円」とちゃんと調べはついている。それで三十分間で三百円とは大いにはずんだものと考えられる。「当時」と吉行氏が書くのは、はっきり年月日はわからないが当の御本人が登楼したときの相場ではないか。それにしても、はじめはやや憮然としたものの、女の軀をただじっと抱きしめるだけで三十分、いまは「死なざるが故に已むことを得ず生きている」荷風さんの悲痛が、惻々《そくそく》として感ぜられてならない。

(『荷風全集［第2次］』第13巻「月報14」／岩波書店)

この世に仕掛けた罠

●見るべきほどの事を見て

〝敗者の美学〟を礼讃するわけではないが、『平家物語』でいちばん好きな場面は、義仲の最後であり頼政の自刃であり、なかでも壇ノ浦の平知盛の従容たる死がよい。義経軍にさんざんに打ち破られ、安徳天皇も、二位の尼も経盛・教盛兄弟も入水し、一族の滅びるさまを見とどけたのちに、

「見るべきほどの事をば見つ」

と、意志的な死をとげる。この世の栄枯盛衰のすべてを見てしまったと。運命の苛酷さ、この世界の底知れなさを、知盛はこういい捨てることであらわしている。——と、長いことそう理解し、そうした知盛像に満足していたのだが、最近になってかならずしもそれが定説ではないという妙な話を聞いた。

一言でいうと「見るべきほどの事」とは単に壇ノ浦の戦いの、この眼で見える範囲での一部

始終のことで、運命とか歴史とかの、人の世の不可知性のことではない、という。大会社が単なる経営の失敗で倒産したようなものよ、という。なにも無理にそう卑小視することもないと思うのだが、むしろそれが現代的な正当な解釈だと強調されて憮然たる想いを味わった。そして万事において矮小化し平均化してしまい「劇的」なものを失った現代の貌《かお》を、あらためて見るような気がしたことだった。

そうした現代の味気なく、乾涸《ひから》びた相を叩き潰すかのような舞台を先ごろ観た。新作ではなく、昭和三十八年（一九六三年）に書かれた戯曲の再演であるが、わたくしは初見。山崎正和氏の『世阿彌』（池袋サンシャイン劇場）である。

「古典主義的ながっちりした構成の舞台で、シェイクスピアやラシーヌのような古典劇を思わせる重厚さ」という評に共感しつつ、大いに楽しませてもらった。たしかにそこにはシェイクスピアのいう「全世界は一つの舞台」（All the world's a stage）が強くおしだされていた。つまり「世界（大宇宙）」のなかでの「人間（小宇宙）」の意志と運命とが語られ、演じられていた。

もっとも舞台の上の「世阿彌」は、西欧のドラマの主人公のように「世界を見とどけるために行動を起し、その行動が破綻したときに世界を見とどけたことになる」（山崎氏「劇的なる日本人」）人物ではなく、やや対極にある人間として登場しているようである。足利義満の

「影」としての世阿彌。義満が死んでからも、世阿彌は他者の目の光に当たりながら「われから選んでなった影」としての自己を貫き通す意志の人となる。そして依怙地《いこじ》なまでにその選択を守って「見るべきほどの事を見て」果てる。山崎氏はそんな「自己抑制」の意志のなかに、西欧のドラマの主人公とは異なる、日本人的な「劇的なる」もの、それも悲劇を写しだそうとしているのであろう。

この戯曲を書いたとき作者は二十余歳だったという。よくもまたあふれんばかりの言葉（論理）だけで劇的なるものをつくりあげられたものよ、と驚嘆して、「天才ですなあ」といったら、「いや、鬼才というべきです」と訂正してくれたひとがいた。

●太平洋戦争への道が見えていた

この『世阿彌』観劇の余韻がまだ胸底であとをひいているとき、必要あって永井荷風の『断腸亭日乗』（岩波書店）をぱらぱらと拾い読みする機会をもった（これは初見ではない）。そして突然に、まことに唐突なことに、山崎氏の「世阿彌」がここに生きている、と思えだした。意志の貫きと孤高さ。今日風にいえば非常にシニックでクールなさめたひととして荷風が現れてきた。「世阿彌」が時代にたいして「影」になることを意志し、「なにものかを犠牲にしながら、『芸の修羅道』を歩む」ひと（黛哲郎氏の『世阿彌』「解説」新潮文庫）というなら、荷風もまたそうではなかったか。

すでに識者も説くところであるし、岩波刊の荷風日記を読めばだれにも分かることだが、戦前の「聖戦」観念とも、戦後の「解放」意識とも、かれは無縁な存在であった。首尾一貫して、政治や社会の変化の背後の不気味な闇だけを見つめていた。

たとえば昭和十六年（一九四一年）一月一日の日記に、

「去年の秋ごろより軍人政府の専横一層甚しく世の中遂《つい》に一変せし今日になりて見れば、むさくるしく又不便なる自炊の生活、その折〻の感慨に適応し、今はなかなか改めがたきまで嬉しき心地のせらるゝ事多くなり行けり。……此の如き心の自由空想の自由のみはいかに暴悪なる政府の権力とても之を束縛すること能《あた》はざるべし。人の命のあるかぎり自由は滅びず」

と書くその人は、戦後の昭和二十一年（一九四六年）四月六日には、大阪で起きた朝鮮人と警察との争いを伝聞として記し、

「闇屋の中には日本人も交りゐたりしが、これも朝鮮人の身方となり警吏と争ひ、遂に双方ピストルを放つに至る。この騒に米国憲兵の一隊事情に通ぜざれば機関銃を放ち乱闘する日鮮人及び警吏を追払ひたり。死傷者少からざりしと云。此事件米人検閲の為新聞紙には記載せられず。米人口には民政の自由を説くといへども、おのれに利なきことは之を隠蔽せんとす。笑ふべきなり」

とも書く。不合理にたいしては常に刃《やいば》を向ける、こうした例は拾えばここかしこにある。荷風の意識はいつもさめていたし、戦前戦後を一本に貫いていた。荷風の生き方に冠せられる「狷介孤高」「奇癖我儘」も、この精神的一貫性を守るため、あるいは「見るべきほどの事をば見」るための時代の〝影法師〟の意志であったかとも思える。

こうして『世阿彌』と荷風日記とを合わせ鏡のようにして読み、さらにいまは亡き大学の同級生磯田光一君の永井荷風評伝をひもといたりして、まことに興味深いことを知った。荷風が生前に公刊した日記『荷風日暦』や『罹災日録』などと、死後刊行の岩波刊『日乗』とが、削除があったり書き改められたり、微妙に違っているという事実であった。短いが、その顕著な一例。

「五月三日。雨。日本新憲法今日より実施の由《よし》なり」

この生前の、荷風の意志のもと発表された記述にたいし、死後の岩波刊のそれは、

「五月初三。雨。米人の作りし日本新憲法今日より実施の由。笑ふ可し」

となっている。

だがそれよりもなによりも、昭和十六年六月十五日の、生前と死後発表の記述をくらべて読んで、ほとんど呆然としたのである。荷風がおのれの日記について綴《つづ》ったところである。長文なのでその一部を引用する（丸カッコ内は岩波版）。

「余は万々一の場合を憂慮し、一夜深更に起きて日誌中悲憤慷慨《こうがい》（不平憤慨）の文字を切去りたり。又外出の際には日誌を下駄箱の中にかくしたり。今翁草《おきなぐさ》の文をよみて慚愧《ざんき》すること甚し。今日以後余の思ふところは寸毫《すんごう》も憚《はばか》り恐るゝ事なく之を筆にして後世史家の資料に供すべし」

わたくしは以前にこれを読み、そしてこのあと荷風の日記にはある種のあっけらかんとした凄まじさをもちはじめたことに大いに満足し、昭和史研究の資料に『荷風日暦』や『罹災日録』をよく用いてきたものだった。が、こんどの岩波版である。そこではこのあとに荷風は、太平洋戦争直前というあの時代に、なんとつぎのような大胆なことを記している。

「日支今回の戦争は日本軍の張作霖《ちょうさくりん》暗殺及び満洲侵略に始まる。日本軍は暴支膺懲《ぼうしようちょう》と称して支那の領土を侵略し始めしが、長期戦争に窮し果て俄《にわか》に名目を変じて聖戦と称する無意味の語を用ひ出したり。欧洲戦乱以後英軍振はざるに乗じ、日本政府は独伊の旗下に随従し南洋進出を企図《きと》するに至れるなり。然《しか》れどもこれは無智の軍人等及猛悪なる壮士等の企《くわだて》るところにして一般人民のよろこぶところに非《あ》らず。国民一般の政府の命令に服従して南京米を喰ひて不平を言はざるは恐怖の結果なり。麻布連隊叛乱の状を見て恐怖せし結果なり。（以下略）」

これは戯作者をもって自認する明治の人の、端倪《たんげい》すべからざる確かな歴史眼であると思う。満洲事変→二・二六事件→日中戦争→仏印進駐→三国同盟という戦後の歴史家が認定する〝太平洋戦争への道〟が、あの時点で、荷風の眼にはありありと見えていたのである。にもかかわらず、荷風は戦後の『荷風日暦』刊行（昭和二十二年六月）において、この部分をあっさりと削除している。なぜなのか。

亡き磯田君はいう。「あえて公開しなかったところに、かつて荷風の心を支えていた文明――それに反抗しようとやはり心を大きく包んでいて、敗戦によって失われた何ものか――への忠誠の心を読みとったら、はたして思いすごしになるであろうか。祖国が敗亡に瀕し、国民が占領軍への安易な礼讃者になってしまったとき、荷風は多くの言論人に和して、自国の過去を裁くことだけはためらったのである」と。そして、それを荷風の真率さ、ないしはダンディズムと磯田君は評した。

ナゾはそれで解けたような気にもなるし、なんとなくそんなことではなかったのじゃあるまいか、という気にもなっている。荷風という文人はどうも一筋縄ではとらえられない。

●伊藤整、十二月八日の日記

作家伊藤整の浩瀚《こうかん》な『太平洋戦争日記』（新潮社）が刊行されたのは、昭和五十八年（一九八三年）のことである。この伊藤日記でも過去において妙な体験をしたことがあった。太平洋戦争開戦を書いた拙稿に、伊藤整が昭和十七年二月号「新潮」に発表した「十二月八日の記録」を引用したのである。誌面の関係でくわしい説明はできぬが、それによれば、この日の昼すぎ道ばたの家から洩《も》れてくるラジオのニュースで、対米開戦と知った伊藤整は、こんな風に思う——。

「身体の奥底から一挙に自分が新らしいものになつたやうな感動を受け」、同時に「ああこれでいい、これで大丈夫だ。もう決まつたのだ、と安堵の念の湧くのをも覚え」、「方向のはつきりと与へられた喜びと、弾むやうな身の軽さ」とを感じる。それから住居のあった杉並区和田本町から東京の都心に向かう。そして中学生らしい一団と一緒になり、「私は桜田門から二重橋の方へ入つた」ことになる。

「一致した集団の精神の純潔さは、その人数だけに拡大された感動の量でもつて私にのしかかり、私は涙ぐむのであつた。この一人一人の中学生が日本の臣民であるやうに、私もまた単純な一個の臣民であります、私はさう自分に言ふやうに中学生たちの横隊になつた列のあとから宮城を拝した」

と、そう引用したのだが、それを読んだ人から「伊藤さんはその日宮城を参拝し涙ぐんだりしていない」と注意をうけ、その証拠として昭和二十三年四月号「文壇」に発表された「戦時日記抄」を示された。なるほどそこでは宮城前広場に足を踏み入れてはいなかった。

「半蔵門まで来ると、濠の水に靄《もや》が立ち、今まで見たこともないほど美しく見える。桜田門の十字路を、中学生らしいカーキ服の学生が百人ほど足をそろへて引率されて門の中へ駈けて行く。宮城参拝であらう」

とあり、ここで改行して「日比谷で、交叉点で人がたかつて新聞を買つてゐるので、私もバスを下り、色々合せて四枚夕刊を買ふ。……」と書かれている。そこで宮城前の情景はバスの中からの見聞と分かるのであった。わたくしはすっかり途惑った。こうなると、ラジオを耳にして身体の奥底からおぼえた感動とやらも、まことに怪しくなってくるし、編集者としてわたくしも知っている冷静な伊藤整氏が「涙ぐむ」はずもない、と思わざるをえなくなってきたからである。どちらが真実なのか、もやもやとしたものが長く身体の奥底にわだかまっていた(その後も週刊誌や雑誌の特集などで、「十二月八日の記録」が引用されているのに、しばしばお目にかかったが……)。

それだけに、新潮社刊の『太平洋戦争日記』第一巻がでたとき、本屋でまずは十二月八日の項を立ち読みしないわけにはいかなかった。そして思わず「エッ、本当かいな」とつぶやくことになる。原文はすごく長いので引用できないが、「自分が新らしいものになつたやうな感動」なんかはない。といって「戦時日記抄」のように淡々としたものでもなく、ある種の強い感動も描かれている。直接当たってもらうほかはないが、宮城前のところだけを引いてみる。

「半蔵門に来ると池にもやが立ち、とても、今まで見たこともなく美しい。日本は美しいなと思う。宮城の横の十字路を、カーキ服の学生が駆けて行く。百人ばかり。中学生ならん。足がそろって美しい。宮城を拝むのであろう。日比谷にて、バスのそばで新聞に皆がたかって買っているので自分も下り四枚買う。……」

思わずわれとわが目を疑ったわけも、これでお察しいただけるであろう。なるほど、これで十二月八日の「伊藤氏の生活と意見」は目出たく定着することになった。が、すでに「十二月八日の記録」や「戦時日記抄」を一つの史料として信じたもろもろの書きもの（わたくしのも含めて）はいったいどういうことになるのだろうか。あれはフィクションであった、ないし整理されたものであった、伊藤整という作家の生活防衛のためのやむない手段であった、と分かっても、それこそ「あとの祭り」というものではないか。

●自己保身の人、木戸幸一侯爵

十二月八日といえば、昭和史関係の最高の史料に、天皇の側近中の側近である元内大臣木戸幸一の『日記』と『関係文書』（ともに東京大学出版会）がある。これに『東京裁判資料・木戸幸一尋問調書』（粟屋憲太郎ほか編　大月書店）が加わった。東京裁判を前に、国際検察局が精力的に取り調べた尨大《ぼうだい》な速記録だが、法廷に提出されず、その存在もいままで確認されていなかったという。

この『尋問調書』を読むと、木戸という宮廷政治家がなんと下世話でいう海千山千の古狸であることか、にまず驚かされる。捜査課長サケット中佐の「天皇の開戦責任」にたいする執拗な追及に、木戸が懸命に隠蔽しようと努力したのはいい、として、ために多くの開戦責任者をかれの口からリストアップするに至る。この調書が東京裁判の法廷に提出されなかったのは、木戸にとって幸運だった。もし提出されていたら、かつての仲間の痛憤を買い、弁護団からいかに多くの非難の矢がかれに集中したであろうか、想像するに余りある。

しかも木戸自身はことごとに言を弄《ろう》して、責任者の埒外《らちがい》に這《は》いでようとする。「内大臣の職務は政務・軍務に関係なき事項に関する輔弼《ほひつ》責任者にすぎないから、戦争の開始・遂行上の責任はない」として、徹底的に個人弁護の方針を堅持するのである。二段組・五百ページを超える大冊『尋問調書』は、この木戸のマイン・カンプ（我が闘争）を実によく示してくれる。

たとえば、小さいことだがその一つ。日本海軍の真珠湾攻撃を初めて知ったのはいつか、と問われたとき、二度にわたって「私自身は真珠湾攻撃まで知りませんでした。参謀本部と軍令部はその計画を極秘にしていました」、「ラジオで聞くまで知りませんでした。ラジオで聞いたのが初めてです」と木戸は答えている。

だが『木戸幸一日記』の十二月八日には、「今暁既に海軍の航空隊は大挙布哇《ハワイ》を空襲せるなり。之を知る余は其の成否の程も気づかはれ、思はず太陽を拝し……」とあるのである（傍点筆者）。

この時点ではまだ日記を国際検察局に提出していなかったから、うまくくぐり抜けたが、提出したのちにこう答弁したことに木戸はハタと気づいた。そこで、

「当日午前六時頃ラヂオ放送と同時に侍従武官府より電話にて愈々《いよいよ》開戦せりとの通知と同時に布哇を空襲せりと聞き大変な事をやつたと驚きたるなりと答ふる積りなり」（『木戸幸一日記東京裁判期』）

と、すかさず自己保身の妙策をねって、つぎの尋問を待ちうける。木戸侯爵という殿上人の隅に置けない人間性を抜きで、まともには日記とはつき合えぬことがよく分かる。

●歴史を書くということ

いまはノンフィクションの時代であるという。ニュージャーナリズムの旗印をかかげ、若い書き手がぞくぞく登場しているようである。取材し証言をとり、史料（資料）を調べるのはいいが、その過程を得々としてかつ長々と語る私小説的手法が横行しているのはどんなものか。それらを吟味し検証し、腑分けすることがやや忘れられてはいまいか。この難しさを突破することにノンフィクションの生命があることを知らねばならない。

歴史を叙述することはまことに恐ろしいことなのである。わたくしなども長いこと、「ジャ

ーナリストは現代史の生き証人」などという言葉に踊っていたのが、恥ずかしくさえ思えることがある。

それにつけても、史料とは何なのか。歴史を書くとは、過去または現代の人間が残した〝生活と意見〟の残りかすともいえる史料を利用し、それらをずらりと並べて組み合わせ、検索して、事実（または事実と思われるもの）を再現する、そしてその先にある「真実」をつきとめることであろう。それがはたして可能なのだろうか。よくいわれるように「史料は歴史を語らない」。だから歴史を書くということは、史料をしてみずから語らせればよい、と史料に乗っかってあぐらをかいてすませられる仕事ではないのではないか、と近ごろは考えている。

昭和史を叙述するための第一級史料としての日記は、すでに数限りなく刊行されている。木戸幸一日記、宇垣一成日記、杉山元メモ、重光葵日記、原田熊雄日記、東久邇稔彦日記、細川護貞日記、本庄繁日記、畑俊六日誌などから、清沢洌日記、徳川夢声日記、高見順日記、山田風太郎日記、さらには公刊されていないが阿南惟幾日記、野田六郎侍従武官日記や嶋田繁太郎日記など、有名無名を問わなければわたくしの書棚には八十冊を超える日記がずらりとならんでいる。これに資料としての当事者の手記を加えれば、壮観という言葉を通りこす。

だが、数の上で史料が多いということは、はたして幸いなことなのだろうか。そこにはわざと偽作されたり、自分に都合よく歪曲されたり、時には偶然に、時には故意に消されてしまったものがないとはいえない。むしろ史料とはそうしたものの集まりといったほうが正しいのかもしれない。それに「人はなぜ日記を書くのか」という古くて新しい命題を加えれば、どこまで史料として信頼できるのか、一人ひとりの人間性までたずねて勘案しなければならなくなる。そのことについては、すでに荷風『断腸亭日乗』や伊藤整日記、木戸幸一日記において見たとおりである。

荷風が昭和十六年六月十五日に、「今日以後余の思ふところは寸毫も憚り恐るゝ事なく之を筆にして後世史家の資料に供すべし」と一種の悽愴《せいそう》の気をみなぎらせながら書いたことを、なぜ生前の『荷風日暦』で部分的に削って発表したのか。磯田君の説明はあるものの、やっぱりナゾである。しかも自分に都合悪いどころか、発表すれば、戦後思想のなかでたちまち英雄ともなれるかもしれない記述を、である。

歴史を書くとは、あるいはノンフィクションを書くとは、そうした史料の背後にあって隠れてしまった事実、または史料がそのままに語っていない事実を腑分けし、空白を埋め、たがいに関連づける作業なのであろう。それこそが「真実」ということなのであろう。そして、そのためにはきびしい史観や人間観が要求される。

そうと納得してはみるものの、いぜんとして、荷風のナゾは残る。孤高を保つひそかな満足、あるいは荷風ごのみの韜晦《とうかい》か。つまりは永井荷風という稀《まれ》な人物、としてしまえばそれでいいのだろうか。かれには自我と、さらにはその自我すらも客観視できる自我があった。二重構造の自我があったゆえに、外界に甘えかかるような心情をもたず、自分自身を自分の意志で生かし守ることができた。すなわち山崎氏の描く「世阿彌」である。

とつおいつこう思い達したとき、舞台で松本幸四郎が演ずる世阿彌が、みずからの『花伝書』について語った言葉が、不気味に鳴りひびいてきた。

「あれは私の、仕掛けた罠だ。このさき多くの猿楽師が、あれに足をばすくわれるであろう。凡庸の者は言葉にとらわれ、形ばかりの能を演じる。覇気ある者は殊更に、あれに叛《そむ》いて形を破る。だが、そのゆえに、才子は却って才に溺れるのだ。このさき何百年、あれは無数のにせ者どもの、躓《つまず》きの石となるのだ。長い長い時の歩みに、私はそうして立ちはだかってやるのだ」

幸四郎の陰気な笑い声を耳に蘇らせながら、これがこの戯曲に山崎さんが〝仕掛けた罠〟であるとともに、『断腸亭日乗』もまた、永井荷風がこの世に〝仕掛けた罠〟であると思えてならなくなった。そしてあらためて歴史を書き、読むことの恐ろしさを思うのであった。

（「季刊アステイオン」No.５／１９８７-夏）

第2章
司馬遼太郎さんの遺言

よき日本人とは

●「二十二歳の私」に向けて

昭和二十年（一九四五年）の早春、きたるべきアメリカ軍の本土上陸作戦にそなえて、満洲から栃木県佐野へ、陸軍戦車連隊が移動してきた。そのなかに二十二歳の学生出身の陸軍少尉がいた。

ある日、散歩にでたこの青年士官は、行き違う子供たちの目がすてきに輝やいているのに気づいた。子供たちの目は「兵隊さんがいてくださるから日本は大丈夫です」と語っているのに、思わずハッとなって立ちすくんだ。いざ本土決戦がはじまったならば、はたして自分たちが乗っている「ブリキの戦車」で、この子供たちが守れるであろうか。青年士官はそのことに思いをいたしたとき、強いショックをうけたのである。

それればかりではない。戦闘となり、自分たちの戦車が帝都防衛のため関東平野を南下するとき、その方面から逃げだしてくる同じようないたいけな子供たちとすれ違うことになる。着のみ着のまま腹をすかした難民の群となった何十万もの子供たち。上官は「作戦遂行のため邪魔になったなら、ひき殺して行け」とまでいった。この子供たちを守るどころか、自分たちが殺人者とさえならなければならない。かれはその許すべからざる事実を考えたとき、深い絶望感に身の震えるのを覚えた。

この青年士官が、のちの司馬遼太郎さんである。

しかし、現実にはそういう悲劇は起こらずに、八月十五日がやってきた。抜けるような青空をながめながら、一国の滅亡と大候とはかかわりがないのだと思った。さらにこう考えた、と司馬さんはわたくしに語ってくれた。

「玉音放送を聴き、何度か呼吸したあと、なぜこんな愚かな指導者ばかりいる国に生まれたのか、と思いました。……『むかしの日本は、ちがったのではないか』と思い直しました。そのころは無知ですから、むかしの日本などよくわからない。四十歳前後から、二十二歳の佐野の町にいた私自身にむかって手紙を書きはじめました。それが、私の小説のようなものです。小説のようなというのは、既存のスタイルでない、という意味です。読者はいつも、私のなかにいた二十二歳の私です」

司馬さんは「二十二歳の私」を読者として、〝よき日本人とは何か〟を求めての作業を、王朝時代からはじめた。つまり司馬さんは、王朝以降の日本の歴史のなかから、日本人の性格のどこが、そしていつから、人びとの生命をバクチの賭けものにするような「政治的狂者たち」「得手勝手者たち」を生みだしたのか、それを検証しようという壮大な小説群を書きだしたのであるという。

『空海の風景』で平安初期を、『義経』で平安末期を、『国盗り物語』『新史太閤記』で戦国時代を、『菜の花の沖』で江戸時代末期を、『竜馬がゆく』『翔ぶが如く』『花神』『峠』で明治維新を、そして『坂の上の雲』で明治時代を、といったふうに、つなげれば日本全史を形づくるいくつもの名作長篇を司馬さんは発表していった。それは従来の小説というワクを超えた。歴史的事実にきびしく実証的なメスを入れる一方で、独自の歴史観・人間観に裏打ちされた文明論、文化論、日本人論ともなっていたのである。

司馬さんの筆は、昭和日本を亡国に導いた愚劣で、拙劣で、卑怯な日本人への批判からはじまりながら、むしろ古きよき日本人の賞揚へと向かっていった。司馬さんが共感をこめて活写したのは、さわやかな快男子たちばかりといってよい。自己抑制のきいた美しい「サムライの倫理」と、合理精神の持ち主を、司馬さんはかぎりない親愛感となつかしさをこめて書いたのである。

あるいはこうもいえるか。司馬さんの書いた主人公たちはみんな、「名こそ惜《お》しけれ」と自らをきびしく律してきた日本人ばかりである、と。

●子孫のために

晩年の司馬さんは小説を書かなくなった。現代日本のあり方をさまざまな角度から問うエッセイ『この国のかたち』『風塵抄』などを書き進めるだけとなった。晩年の司馬さんは、妙に感情的に激していることがあった。いつも温柔な眼ですべてを見る司馬さんが、明らかに何かに怒りを抱いてその温かい眼を捨てているように思えた。

わたくしは勝手に想像している。司馬さんが生涯をかけて発掘した日本人の美質——名こそ惜しけれの「サムライの倫理」と合理的な精神——が、いまの日本からはまたしても消えた。いまやわれわれの眼前にさらけだされたのは、精神の荒廃だけである。その無残さは……司馬さんはいった、「負けて降伏したあの事態よりももっと深刻なのではないか」と。だから、このままでは「日本にあすはない」ともいった。

亡くなるちょうど一年前、わたくしは司馬さんと長い長いおしゃべりをかわした。そのとき司馬さんがいった最後の言葉が忘れられない。

「もうこれ以上自然を破壊しない、これ一つだけでもいい、子孫のためには全国民が合意して努力しようじゃないか。〝夕日がきれい〟といったこともいえず、〝この川を見ていると、本当に心が澄んできます〟という川もない社会をつくってはいけないのです」

（「清流」1997年4月号）

合理的な戦略戦術こそ

「文藝春秋」平成十年（一九九八年）八月号は「二十世紀図書館」という大アンケート特集を掲載した。ここで西田幾多郎『善の研究』や夏目漱石『吾輩は猫である』をおさえ、司馬遼太郎さんの『坂の上の雲』が第一位に選ばれている。この百年の日本最大の人気小説ということになる。この結果を見ての井上ひさし氏の感想を、不躾《ぶしつけ》ながら長く引用する。

「戦前戦中の大日本帝国は植民地主義に凝り固まってアジア諸国にたいへんな迷惑をかけた。（中略）当然、歴史学者たちも、そういう国民の思いを反映して、戦中戦前の日本を全否定する本を書いた。そのうちに、そう思うことに、日本人自身が疲れてきた。そこへ絶好の救いの手が現れたんですね。近代日本もその始まりは正しかったんだ、明治という時代は明るかったんだというふうに。この作品はまさに絶妙なタイミングで世に現れたわけで……」

こう紹介してみると、この小説の大事な点はいいつくされていて、それ以上につけ加えるべきなにものもない。これでお終《しま》いとしたいほどである……。

それでもこんど読み直してみて、一つ、アレアレと気づいたことがある。『国盗り物語』や『新史太閤記』の、司馬さんが描く織田信長と、この小説がまことによく似ているということ。『坂の上の雲』におけるロシア軍は、信長が迎え撃つ今川軍であり、日本海海戦はそのまま桶狭間の決戦に通じている。これがすこぶる楽しい新発見であった。

要すれば、どちらも非常に簡明な、合理的な戦略戦術で勝利をかちとったということになる。司馬さんは書いている。

「すぐれた戦略戦術というものはいわば算術程度のもので、素人《しろうと》が十分に理解できるような簡明さをもっている。逆にいえば玄人《くろうと》だけに理解できるような哲学じみた晦渋《かいじゅう》な戦略戦術はまれにしか存在しないし、まれに存在しえても、それは敗北側のそれでしかない。(中略) 日露戦争当時の政戦略の最高指導者群は、三十数年後の〔太平洋戦争時の〕その群れとは種族までちがうかとおもわれるほどに、合理主義的計算思想から一歩も踏みはずしてはいない」(第三巻「砲火」文春文庫)

これを「余談」で書いているが、余談どころか全巻をあげ、このことだけを司馬さんは書こうとしている。弱者の自覚のもとに、弱者の知恵と弱者の勇気のあらんかぎりをふりしぼって合理的に戦い抜いた。それが明治という時代であった、と。

といっても、ものすごい天才や英雄ばかりが登場するわけではない。みんなチョボチョボ、秋山兄弟が「いなければいないで、この時代の他の平均的時代人がその席をうずめていたにちがいない」(第八巻「あとがき一」文春文庫)。ただし、人間としての誇りと気概がなければならない、それが条件ではあるが、と司馬さんはいうのである。

この小説のすばらしいところはそこなのであるが、それだけにヘタな読み方をすると危《あ》ぶないところもある。世界に冠たる大日本帝国建設を誇らしげに書いたもの、ということになりかねない。そう読む人がいまの日本には相当に多くいるようである。

ナショナリズムをたいそうくすぐられて、わが日本はすべからくこのように勇壮で、闘志満々、先頭に立って世界をリードしていかねばならない、などと大言壮語する人もでてくる。危険な要素がいっぽうにいっぱいつまっている小説でもあるのである。司馬さんの真にいいたいこととは無関係に、勝手気儘《きまま》に、自己流に解釈して、滔々《とうとう》とやっている方と出会ったりすることがしばしばある。そのたびに、さぞや天国で司馬さんは苦虫を噛み潰していることであろうな、と深く同情するほかはないのであるが。

くり返すが、この小説で司馬さんが書こうとしていることは、現代日本にたいするきびしい反省をこめた猛烈な批評である。無茶な高度成長の過程で、精神的・論理的に頽廃《たいはい》している現代人への痛憤が、この小説を司馬さんに書かせたのである。

(「日経Masters」2003年1月号)

自然をこれ以上破壊しない！

亡き司馬遼太郎さんにインタビューをして、貴重な話を聞きだす機会を、わたくしはしばしばもった。それは対談というかたちになって残っている。このことは光栄で、いまになって編集者冥利《みょうり》に尽きることであったと思っている。

と書きながら当時を想い起こすと、それはまあ、いつだってひと言問いかければ、司馬さんは当意即妙、滔々と答えをかえしてくれる。黙って前に座ってノホホンとしていれば務まるような、外からはすこぶる楽な仕事に見えるかもしれない。が、そんなものではない。司馬さんは語りながらこっちの顔色どころではなく、腹の底の底を見透かす、何を考えているかを読むことのできる、ほんとうに座談の名手なのである。

ボヤッとしていれば即座に一刀両断、「もうこれでええやろ」と打ち切られる。一瞬の油断も隙もあったものではなかった。それこそまさに真剣勝負、終わったとたんに背中から汗が噴きだすのが毎度のことであった。

当然のこと、いくつも記憶に残る話がある。〝あのひと言〟がある。なかでも忘れられないのは、司馬さんが亡くなられるちょうど一年前の平成七年（一九九五年）二月に、ある新聞の依頼で行った長時間のインタビュー。そのころから体調が悪かったのか、やたらにはなをかみ、腰のあたりをさすり、表情はすぐれなかったけれども、終わったあとの食事のときも、さらにバーでの二次会のときも、えんえんと語りに語ることはいつものとおりであった。しかも、平生の穏やかさをかなぐり捨て、憂国の情をあらわにして。

一度書いたことではあるが、大事なことだと思うのでくり返すことにする。国の行く末を思うのは、特殊な職業にある人だけの務めではない。一人ひとりの生き方の総和が、国の方向を定め、歴史をつくっていくのである。そういって、司馬さんはつけ加えた。

「子孫に、青々とした山、きれいな川、誇らしい自然と風土を残すため、一億の日本人の八〇パーセント、いや九〇パーセントが合意できるような大事なことを見つけようじゃないか。そして、それをみんなで実行しようじゃないか」

「そんな話がありますかね。九〇パーセントが素直に合意することなんて、あるはずがないんじゃないですか」

「あるよ。絶望しちゃいかんよ。それはネ、日本の自然をもうこれ以上破壊しない。これだ。この一点だけを日本人がみんなして合意する。そして実行する。人に自慢できるような景観のなかにわれわれは住んでいる、という国につくり直す。まだ、間に合うと思うよ」

なるほど、と少しく納得したが、自然を壊さないということは、日本人に「欲望を減らせ」、あるいは夏目漱石がいう「自己限定せよ」、あるいは「足るを知れ」ということにほかならない。そんなことはいまの肥大しつくしたエゴの固まりの日本人が、わかりましたと合意するはずはないよと、わたくしはひそかに思ったことであった。

そんないくらか納得しないわたくしの顔を見つめながら、司馬さんはさらに語った。

「僕たちは、大きな金と、大きな技術をもった社会にいるが、豊かだという感じはもっていない。どこの辺鄙なドライブインに行ってもエビフライといえばエビフライをもってくる。ひょっとしたら越前ガニだってもってくるかもしれない。でも、そんなことは、本当の豊かさではないんです。これはやっぱり小景観から、大景観まで、美しい国をつくろうというところに、この国の方向を転じたほうがいいですね。今度の阪神・淡路大震災を教訓にして、〝ああ、美しいな〟という国をつくろうという方向。これが豊かさとか、幸福感というものにつながるんじゃないか、と僕は思うのだけれどもね。半藤くんもそう思わんかね?」

いまにして思う。この「自然をもうこれ以上破壊しない」は、司馬さんの遺言であったと。ゆえに、代わってわたくしが叫び続けねばならないことであると。

(「いい人に会う」4号/2007年3月)

文学的真実が歴史的真実になるとき

●馬鹿かァ、お前は

明治三十八年（一九〇五年）三月二十八日朝、満洲軍総参謀長児玉源太郎大将が新橋駅に降り立った。出迎えるのは参謀本部次長長岡外史少将ひとり。以下、長い引用となる。

〈児玉は答礼もせず、長岡の顔をみるなり
「長岡ァ」
と、どなった。長岡はこのどなり声を終生わすれず、児玉の話題が出るたびにそのことを語った。馬鹿かァ、お前は、と児玉はいった。
「火をつけた以上は消さにゃならんぞ。消すことがかんじんというのに、ぼやぼや火を見ちょるちゅうのは馬鹿の証拠じゃないか」〉

司馬遼太郎氏『坂の上の雲』の「退却」の章に描かれている一場面である。

三月十日に奉天城を陥落させたのはいいが、この時点で日本軍の兵力は予期していた以上の死傷者をだし、とくに少壮の指揮官は底を突いていた。銃砲弾も尽き、軍馬までがいなくなった。いっぽうロシア軍はつぎのハルビン会戦へ向けて兵力を集結している。攻勢はこれまで、「講和への道」を拓くことが大日本帝国にとっては緊要なことであった。そこで総参謀長児玉大将が急遽極秘で満洲から帰国することとなる。

そうした事実をうしろにおいてみると、司馬さんの名文はこの長篇のなかでいちばん気持よく読めるところといえる。あるいは最高に心躍る場面といいかえてもいい。つまり、ここに書かれている「馬鹿かァ」は、日本史上において最高に痛快な罵声なのである。

もちろん、長岡外史の回想にもとづいて書かれている。過去にそのくだりを読んだ人なら、間違いなく目にしたであろうその回想では、児玉の言葉はこうなっている。

「長岡！　何をボンヤリしとる？　点火したら消すことが肝要じゃ。それを忘れとるのは莫迦《ばか》じゃよ」

如何なものか。くらべてみるまでもなく、司馬遼太郎という作家のあざやかな技法が感得できるのではないか。顔を見ると、「長岡ァ」と、児玉はいきなり長岡に、たしかにいったらしい。が、そのあとに続く「馬鹿かァ、お前は」は司馬さんの創作である。であるから、司馬さんはカギ括弧の会話体にせず、地の文にしてある。心憎いばかりの史実への配慮ということになる。

つまり、奉天会戦で辛勝後の、大日本帝国のおかれた苦しい戦力情況を、「馬鹿かァ、お前は」の一語がほんとうにあざやかに示している。そのことを感じとれば、大本営への極秘の使者としての児玉の苦悩を、読者がおのれの苦悩のごとくに感得できる。そこに小説を読むことの醍醐味がある。

●小説家の味方をするもの

わたくしは、平凡社から『日露戦争史』（1〜3）を上梓した。歴史家ではなく歴史探偵を自称しているが、さりとて歴史小説としてこれを書いたのではなく、史実に忠実な、史料にのっとったノンフィクションとして長々としたものを書き上げた。そのために今日の歴史学の到達したところを尊重し、残された史料に慎重に向き合っていくように心掛けた。

しかし、書いているあいだじゅう視線の隅のほうには、『坂の上の雲』や吉村昭氏『海の史劇』など日露戦争を主題にした名作が、どうしてもチラチラしていた。歴史小説の巨匠たちが、このことをどう描いているか、そっとのぞいてみるか、という誘惑に負けそうになってくる。しかし、それらはあくまで小説。生彩ある作品にするために、作家は史実と史実のあいだをつないで想像力をさぞかし存分に駆使しているにちがいない。故にのぞくべからず、と自分に禁忌の軛《くびき》をかけて必死に誘惑と闘い続けてきた。そして一場面を書き終わったあとで、その部分をそっと開いてみたりした。

結果は、一言でいえば、歴史小説とはオレの仕事とちがってやっぱり自由で楽しく書けていいなあ、という羨望となる。その具体例は先の「馬鹿かァ、お前は」である。たしかに史料には、「司馬さんも吉村さんも、歴史学者同様の厳密さで向き合っている。そして「神経を使って、ヘトヘトになりました。小説というのは本来フィクションなのですが、フィクションをいっさい禁じて書くことにしたのです」(「『坂の上の雲』秘話」『司馬遼太郎全講演［5］』朝日文庫　二〇〇四年)と司馬さんはいっている。まったくそのとおり。とは思えども、その史料の処理にさいしては文学的真実という魔法の杖みたいなものが小説家の味方をするように、やっぱり思えてくる。

勝手に史料を創作したり、都合の悪い史料を無視したり、想像を断定に置きかえたりすることは、歴史を書くものには許されない。しかし、それが文学的真実により近づくことができるならば、ある程度の虚構や想像を用いてハミだすことも、どうやら歴史小説の場合には自由であるようだと、わたくしには見えるのである。そして読者は、小説に描かれたことこそが歴史的真実と読みとってしまうようである。あるいは「歴史そのもの」とも。さてさて、これは所詮わがやっかみに過ぎないであろうか。


(「季刊文科」第60号／2013年9月)

ノモンハン事件を書かなかった理由《わけ》

●司馬さんの昭和史批判

編集者時代に漠然としたものではあったが、司馬遼太郎さんとはある約束をかわしていた。司馬さんがいずれノモンハン事件をテーマに昭和の戦争時代を書く、そのときには全力をあげてお手伝いをする、ということであった。

そのことから、もし司馬さんが現実にそれと取り組んで、どんな形にせよ具体化したとしたら、どんな作品になったと思いますか、という質問をその後によく受ける。「もしも」の問いには何でも答えに窮するところがあるが、この場合、それはすこぶる興味をそそられる問いでもあった。正確な答えにはならなくなることを承知で、ついに書かれなかった司馬文学について少しく書いてみたい気になった。

ノモンハン事件とは、昭和十四年（一九三九年）五月中旬から国境侵犯をめぐって日本軍とソ連軍とが戦火を交えた事変で、九月中旬に停戦協定が結ばれて戦闘は終結した。

事変に参加した日本軍の全兵力約五万六千人、うち戦死八千四百四十人、負傷八千七百六十六人、全体の死傷率三二％という数字が残され、そして二人の連隊長が戦場で自決、二人の連隊長が事件後に敗戦の責任をとって自決という惨たる戦闘であった。それは関東軍の参謀の独断専行ともいえる作戦指導によって、第一線の将兵は名誉と軍紀の名のもとにやみくもに戦わされた、と評してもよい戦闘であったのである。

司馬さんはノモンハン事件についてわたくしに何度か語っている。その一つ。

「よく知られているように、向こうは完全な機械化部隊でした。ところが日本軍はまるで織田信長の軍隊のようであった。これは私が勝手に創作していってるんじゃないですよ。連隊長として実際に戦闘に参加した須見新一郎元大佐の言葉です。〝われわれは元亀・天正の装備で戦った〟と、戦場での実感を私に話してくれたのです」

そして司馬さんはこうもいった。

「合理的な、きちんと統治能力をもった国なら、泥沼におちいった日中戦争の最中に、ノモンハン事変をやるはずはないし、しかも事変のわずか二年後に同じ〝元亀・天正の装備〟のまま米英を相手に太平洋戦争をやるだろうか。信長ならやらないし、信長でなくても中小企業のオヤジでさえ、このような会社運営をやるはずもない。昭和の軍閥というのは、日本史にも、世界史上にもない感覚のひとびとでした」

司馬さんの昭和史批判とはいつでも右のような具体的なものであった。戦争をはじめたことに大義名分がないとか、いやあれこそはアジアの植民地解放の正義の戦いであるとか、そうした観点は一切しりぞけられている。イデオロギー的な、観念論になりがちの諸説には見向きもしない。敗けるにきまっている無謀な戦争をはじめて、敗けるにきまっている戦略戦術と兵器で戦ったゆえに、指導者や将軍や参謀たちはきびしく批判されねばならないのである。昭和の日本人に合理的な思考の能力が欠落していることを頭から叱り続けたのである。

●悪意と軽蔑感しかもてない参謀コンビ

そういえば、司馬さんの書いた坂本竜馬も土方歳三も河井継之助も松本良順も、作家丸谷才一氏の言葉を借りていえば「彼らはみな、形骸化して有効性を失った常識や、集団ヒステリーのせいでの気分によって支配されるのではなく、現実から出発してものを考えるたちの健全な人間であった」のである。つまりは彼らは時代を蔽《おお》っている狂気と果敢に衝突した。きちんとした合理主義を身に備えていた。

あるいはこうもいえるか。彼らはみんな、「名こそ惜しけれ」と自ら律してきた日本人ばかりであると。そしてこうした抑制のきいた美しい侍《さむらい》の倫理と合理精神の持ち主を、司馬さんはかぎりない親愛感となつかしさをこめて書いてきた。

「それなのに」と司馬さんはいった。

「戦前の日本は、参謀肩章をつっている軍部の人間に占領されていたのです。彼らには思想的な背景が強烈にあるんで、集団的狂気のなかからいえば、高崎街道を北上してくる避難民をひき殺していけという結論がでるわけです。これはもう思想の悪魔性というほかはないんです。この時代だけが日本歴史から非連続というか、まったくわからない。この時代を考えると、魔法の森に入っていくような感じになるのです」

その司馬さんが、なるほど、関東軍の服部卓四郎と辻政信という権道しかない魔性の参謀コンビに、ようつき合う気にもなれなかったのは当然である。あるいは机上の計算と必勝の信念だけで大軍を動かした陸軍中央部の参謀たち。悪意や軽蔑感しかもてない人物たちを力まかせにねじふせても、生きた人間像としては浮かび上がってこない。

ノモンハンは、それゆえについに書かれることはなかったものと、わたくしはいまにして思っている。それでも、もし須見大佐を主人公にしたら……の夢は残る。停戦後、上から自決をうながされたのに、この人は断固として「ノー」といい、陸軍をクビになった硬骨の軍人であった。この人の目を通して、昭和日本をダメにした〝統帥権という化物〟の正体が司馬さんの筆によってきっとあばかれたことであろうから。

（「司馬文学再読 12」／産経新聞／1996年5月31日付）

文明のあとに来るもの

●サラリーマンの人生タイプ

最近、めったに手に入らないであろう本の写しを手に入れた。亡き司馬遼太郎さんが、その若き日に、福田定一の本名で書いたサラリーマン読本といった愉快な一書である。

題して『サラリーマンの金言』。もともとの原本『名言随筆サラリーマン』は昭和三十年（一九五五年）九月に刊行されたらしいが、わたくしが手にしたのは昭和四十年に新装版としてあらためて刊行されたもの。いずれにしたって、サラリーマンという古きよき時代の名称がそのまま使われているあたりに、この本の稀覯《きこう》本たるゆえんがある。

読み進めていくうちに、わが四十年余の勤め人生活の体験に照らし合わせ、思わずニヤリとしたところがいくつもあった。たとえばその一つ、源氏鶏太のつぎの金言を引いて、福田定一氏が論じているところなんか、思わずケケケケと腹をかかえて笑った。

「五、六年になって、いよいよ中だるみがきます。仕事の能率がわるくなるのです。仕事もひと通りわかってきたし、上をみればキリがないし、一生懸命働いているのがなんとなくバカくさくなってくる。この中だるみの症状は、ちょうど結婚生活の倦怠《けんたい》期と似ています」

たしかに、サラリーマンの人生タイプがこの時期にできあがる。出世型のやつはうまくこのスランプ期を泳ぎきる。人生派は能狂言を勉強するようになったり、むかし熱をあげていた小説書きをもう一度やったりする。あるいは漠然と酒と異性にのめりこむ。なかには白雲を見ながら何を考えることなくボーッと過ごすやつもいる。要は、と福田定一氏はいう。「この倦怠期に、サラリーマンとしての人生の型をきめることだ」と。

なにやら職場に優秀な女性がどっと入ってきはじめたのが、いまから十年前（一九八七年）ごろからであったようである。とすると、自分もサラリーマンとして人生の型をきめなければと、倦怠期を迎えて思い悩んでいる女性がたんといることになる。そうに違いないと、白雲派のサラリーマンであったわたくしは、気の毒に思いつつ遠望するのであるが、かならずしもそうではない、という声を時に聞いたりする。

「近ごろの若いやつはね」と、ソクラテスいらいの常套句《じょうとうく》を枕にして、ある重役がくたびれたようにいった。

「小さいときから反抗期がぜんぜんない。だから自立期もない。そのかわり秀才で、みんな素直ないい子として育っている。だから会社に入っても、いうことはきくし適応力はあるし、上のものが何を望んでいるかを見抜く力は抜群である。会社やまわりとの協調は上手だし、トラブル回避の才幹はあざやかというほかはない」

「男性社員もか」

「もちろんだよ。できも育ちも悪い連中たちまでが、秀才の女性の感化をうけて、しおらしく、おとなしくなっちまってやがるさ」

それじゃ組織は面白くない。なべて一色ではミメカタチはいいかもしれないが、ひっかかるところがないからツルリとすべっていくだけである。そうわたくしは思えてならなかった。

●滅亡かやり直しか

福田定一氏はかの本で、サラリーマンの原型をサムライにもとめている。サムライはそもそもが戦闘技術者という、レッキとした職業人であった。当然、イクサの駆けひきや刀槍の使い方、戦陣での心得などをしっかりと身につけていた。つまりおのれの技術、おのれの才覚、もっといえばおのれの馬鹿さ加減をさえ売りものにし自分の世界を築いた職業人であった。それがわたくしが働いていたころの職場というものであった。討ち死にもでた、落伍者もでた。まことに野蛮なところであった。

〝女の職場〟が問題になっているという。おかしな話で、女の職場とか男の職場とかの区分けはないのである。子供を産んでしっかり育てるという最高の仕事に横を向いて、職業人というけっして楽しくない仕事を選んだ以上は、「女の」というお化粧の裏には隠れられないものと知らねばならないのである。

少子化ということを将来の最大の国難と観ずるわたくしには、近ごろの若い男どもがそんなに魅力がないのか、とそっちのほうを大いに叱咤激励したい気になっている。これは冗談でなく、優秀な女性の職場進出による、優秀な女性のお産忌避《きひ》のほうが日本の明日を危うくすると、わたくしは思っている。

と、憂国の志士みたいなことをいいつつも、仕事柄いま接することの多い女性編集者たちの有能さと親切さには、わたくしはすこぶる満足している。だから、福田定一さん、いや司馬さんよ、今日の総女性化時代に、せっかくのサラリーマン読本もかなり時代遅れになってますな、わたくしの職業観も箸にも棒にもかからぬほどアナクロであるが、といいつつ、かの本を楽しんでめくる。

そういえば、女が優秀となって男を凌駕《りょうが》するのは文明の最高になったときとか。しかし、文明のあとに何が来るのか。歴史に照らせば、あとは滅亡かやり直しである、と老骨は日向ぼっこをしながら、ついでにそんなくだらぬことも考えている。

（「Ｖｏｉｃｅ」１９９７年３月号）

第3章 松本清張さんの真髄

ノンフィクションの先駆

●小説では伝えられない

昭和二十七年（一九五二年）下半期の芥川賞を松本清張さんが受賞したとき、選考委員であった坂口安吾さんが選評にこう書いている。

「文章甚《はなは》だ老練、また正確で、静かでもある。一見平板の如くでありながら造型力逞《たくま》しく底に奔放達意の自在さを秘めた文章力であって、（中略）この文章は実に殺人犯人をも追跡しうる自在な力があり、その時はまたこれと趣きが変りながらも同じように達意巧者に行き届いた仕上げのできる作者である」

これは清張さんを推理小説も書ける作家だと見抜いた評言と、一般に理解されている。わたくしは直後の二十八年春、桐生の安吾邸で安吾さんからじかに「あの新人はあの正確で静かな文章で、日本になかった欧米流の骨太なノンフィクションの書ける逸材だよ」という絶賛の言葉を聞いている。

けれども清張さんは小説を書くのが楽しくて忙しくて、自分に特異の、秀れたノンフィクションの書ける並外れた才能のあることに、少なくともこの六年後、「文藝春秋」昭和三十四年五月号‐七月号に『小説帝銀事件』を連載するまでは気づかなかったのではなかろうか。

小説と銘うったこの作品で、昭和二十三年（一九四八年）に起こった不可解な事件の背後にＧＨＱ（連合国軍総司令部）の影のあることを、清張さんは明らかにした。すなわち、旧日本陸軍の第七三一部隊や第九技術研究所関係のメンバーの何人かが、ＧＨＱの公衆衛生課（ＰＨＷ）に吸収されていた事実をつきとめ、しかもかれらは細菌や毒物に関する専門家ばかり。であるから、画家の平沢貞通なんかではなく、むしろＧＨＱに雇われた旧陸軍グループが怪しいと見るべきではないか。清張さんはこのことを、綿密に調べあげた資料にもとづいて検証し、足らないところ、欠けた部分には目が醒めるような推理を展開させ、真犯人像を描いてみせたのである。そして多くの読者の支持を得ることができた。

しかし、資料の客観性について疑義を呈する向きもあり、清張さん自身も、小説の形をとったことにインパクトの弱さ、なんとなく飽きたらなさを感じざるをえないところもあった。

●ノンフィクション文学の鼻祖

「小説で書くと、そこには多少のフィクションを入れなければならない。しかし、それでは、読者は、実際のデータとフィクションとの区別がつかなくなってしまう。つまり、なまじっかフィクションを入れることによって客観的な事実が混同され、真実が弱められるのである。それよりも、調べた材料をそのままナマに並べ、この資料の上に立って私の考え方を述べたほうが小説などの形式よりもはるかに読者に直接的な印象を与えると思った」(『日本の黒い霧』文春文庫　二〇〇四年)

そう清張さんみずからが書いている。

わたくしは、清張さんは徹底したリアリストであると思う。清張さんは司馬さんとは違って上から鳥のように見る、いわゆる俯瞰《ふかん》することはしない。ごそごそと地べたを這うように草の根を分けるようにして見る。ごちゃごちゃと微細なところまで踏みこんで確かめる。人が理解しようがしまいがいっさいお構いなし。人は清張さんを「底辺の庶民や棄民の目から、権力の横暴を憎むローアングルの作家」と評するが、間違いとはいえないまでも、正しいとはいいきれず、そのような明解なレッテルを貼って理解することは誤りで、清張さんの「底辺からの視線」とは、ことさらに意識していることではなく、その人間観、社会観、つまりは歴史観から発するほんとうのリアリストのそれといったほうが正しいと考えられる。

その清張さんが小説に書こうと思い取材を重ねているうちに、これは事実として世に問わなければならぬと、そう感じられるいくつもの事件に直面する。それを小説にしてしまうと、せっかくの事実が死んでしまう。そのことを『小説帝銀事件』を書き終わったときに痛感したのである。そこから当然のこと、意欲的な清張さんにははっきりと「ノンフィクション」というジャンルが意識されてくる。社会的推理から社会的事実告発への飛躍ということである。

こうして、翌三十五年一月号より十二月号まで一年間、「文藝春秋」に日本のノンフィクションの先駆的な作品『日本の黒い霧』が連載されることとなり、読者にアッといわせ、これが爆発的な人気をよびこんだ。

それまでのノンフィクションといえば、インサイド・ストーリーというか、暴露物という印象のみが強かった。たいして、清張さんのノンフィクションは、複雑に入り組んだ現代史を語るにふさわしい条件を、十二分に備えたものとして読者に迎えられた。その条件とは、新事実を徹底的に追求し、執拗《しつよう》に取材して関係者の肉声を集め確かめ、どうしても不可解なところには理知的な推理を加え、それを平易に語る真面目な営みということなのである。もう一つ、清張さんの場合、とくにつけ加えれば、常に弱い者の味方であることになろう。

それは安吾さんが予言したとおりの、老練で、正確で、静かで、造型力逞しい文章によってはじめてなされるものである。いまのノンフィクション文学の鼻祖は、まさしく松本清張その人である、といっていいのである。

（「ちくま」２００８年４月号）

『日本の黒い霧』と現代史

●混沌の時代の複雑怪奇な事件

昭和二十年（一九四五年）八月のポツダム宣言の受諾による敗戦から、昭和二十六年（一九五一年）九月のサンフランシスコ講和条約の調印まで、アメリカ軍による日本占領の時代が続いた。この長い間、独立国家としての主権はなく、政治・経済から教育や農業や文化の諸政策に至るまですべてGHQ（連合国軍総司令部）の支配下にあり、その指示にしたがって、日本政府は右往左往しつつも実行せざるをえなかった。

この「占領の時代」ほど、日本の明日の分からないままに日本人が日々を過ごしたときはなかったのではあるまいか。とくに昭和二十五年六月の朝鮮戦争勃発まで、当時青年になりかけていたわたくしには、あらゆることが混沌《こんとん》未分《みぶん》のなかにあったという記憶がある。日本人は失意と頽廃《たいはい》と猥雑《わいざつ》と貧苦にあえぎつつ、ただ懸命に生きようとしていたのである。そうしたとき、そんな世情を背景に、ほんとうに奇妙きわまりない複雑怪奇な事件がつぎつぎに起こった。しかもそれらは、アレヨアレヨというくらい時期的に接近して起きた。

十二人の死者をだし、容疑者が逮捕され裁判で死刑を宣告されながら、ついに刑が執行されなかった昭和二十三年の帝銀事件。さらに新聞紙上で「自殺か他殺か」の大論争を巻き起こした下山事件、無人電車が突如走りだし六人の死者がでた三鷹事件、東北本線の列車が脱線して三人の死者をだした松川事件と、三つの国鉄がらみの事件が昭和二十四年に連鎖反応的に起こっている。そしてそれらほとんどの事件は迷宮入りとなり、その「真相」が当時はもとより、いまもってナゾに包まれたままなのである。

のみならず、ここに網羅されたこれらの不思議な事件は今日になってみれば、結果的に昭和二十五年（一九五〇年）の朝鮮戦争に集約されるかたちでつながっていく。そして興味深いことに、占領が終わり、戦後日本人が独立国として新国家建設をはじめたら、このような奇っ怪な事件はまるで嘘のようになくなったのである。

松本清張さんがこれらの事件を主題にした『日本の黒い霧』を「文藝春秋」誌上に連載したのは、昭和三十五年一月号から十二月号までの一年間である。当時、五十一歳。占領が終わって十年もたたないこの早い時期に、よくぞ現代史の隠された深部にメスを入れたものよ、いまこれだけのものを書ける人はいない、とあらためて感嘆せざるをえない。

この作品の成り立ちは、すでに書いたように清張さんが前年の「文藝春秋」（五－七月号）

に『小説帝銀事件』を書いたときにさかのぼる。このとき、この事件の裏側にＧＨＱが関係していることが分かった。ひき続いて下山事件を調べた結果、この事件もまた占領軍の大きな謀略であると考えられるようになった。

同時に、小説家として清張さんには思い屈するものがあった。この戦後の不可視領域ともいえるテーマを追求するには、小説の形式をとることがなぜか飽きたらなかったのである。小説にすると多少のフィクションが加わる。そのためにせっかく掘りだした幾多の新事実すらが創作と考えられる恐れがでる。そこで事実の重みを直視すればするほど、絵空事をまぜながら真実を描くことにまだるっこさとなまぬるさとを痛感したのである。そこで清張さんは、この連作は調べた材料をそのままに提出するノンフィクションの形をとることにした。

●ＧＨＱ内部と占領行政に踏みこむ

当時、わたくしは週刊誌編集部にあり、直接にこの作品に関係することはなかった。その後もほとんど聞く機会もなかったが、この作品を執筆するにさいして、清張さんが有形無形の圧力を覚悟したことは充分に想像できる。

たしかに、この時期にはＧＨＱ内部の対立抗争のことはすでに知られていた。とはいえ、占領下の事件は占領軍がらみであればあるほど、そこには厚い壁が立ちふさがり、その解明はいわばタブーになっていた。その厚い秘密のヴェールに包まれていたGHQ内部と占領行政に踏みこむ。しかも占領軍内部の覇権をめぐっての対立抗争が、戦後日本に幾多の社会的不安をもたらす根因になっている、と恐れげもなく喝破するのである。そして、これらの事件はアメリカの極東戦略につながるきわめて政治的な謀略にもとづいていた、と結論づけるのである。

いくら清張さんが強靱な精神力とスケールのでっかい好奇心の持ち主とはいえ、いまでは想像もできないくらいのプレッシャーがあったにちがいないのである。それを撥《は》ねのけた勇気と気概には脱帽しないわけにはいかない。

このGHQ内部の抗争について、東京学芸大学の山田有策教授が解説してくれている。

「……当時の日本を強大な力で直接的に支配し、コントロールしていたのがGHQであった。その中でも連合国軍を代表する形でG2（参謀部第二部作戦部）が全域にわたって権力を有し、これと対抗するような形で行政部門にGS（民政局）、経済部門にESS（経済科学局）がそれぞれ固有の力を発揮していた。（……）GHQにおいては戦後の冷戦を前提として対共産化戦略を押し出すG2と日本の民主化を徹底して実行しようとするGSとが激しく対立し、その主導権をめぐる内部闘争にまで発展していたらしい。（……）

松本清張はこの『日本の黒い霧』の中で、こうしたGHQの強大な権力構造とその内部での対立の構造をくっきりと浮かび上がらせていく」（「『日本の黒い霧』——深層の権力——」「国

文学　解釈と鑑賞」平成七年二月号）

これにつけ加えれば、G2の部長がC・A・ウィロビー少将、これと別に参謀長に直属する形で幕僚部があり、C・ホイットニー代将を長とするGSはそこに属し、憲法改正など内政的なさまざまな民主化政策を推進した。当然のことに、G2の日本の非軍事化と対共産化一本槍の戦略と衝突する。そして清張さんの推理では、G2が日本の国家警察を支配下におき、GSが検察庁と地方警察をコントロールしていたというのである。

なお余話ながら、財閥解体、労働改革など経済面を担当したのが経済科学局（ESS）、農業改革担当は天然資源局（NRS）、思想改革とかマスコミ対策などを担当したのが民間情報教育局（CIE）、公職追放ならびに政治犯の釈放などの担当が民間諜報部（CIS）で、いずれも幕僚部に属している。

さて、山田教授の説明を続ける。

「とくに下山事件や松川事件などのように、G2とGSの対立にCTS（民間輸送部）が具体的にかかわってくるような事件において、松本清張の推理は実に具体的で鮮やかとなってくる。当時の鉄道は全てRTO（輸送司令部）の中心であったCTSの管理下にあったわけで、鉄道にからむ犯罪はこのCTSと無関係には起りにくかったのである。清張はこれをクローズ・アップし、組合運動の弱体化をはかるG2の謀略を浮き彫りにしていくのである。さらに帝銀事件では旧日本陸軍の第七三一部隊や第九技術研究所関係のメンバーの何パーセントかがGHQの公衆衛生課（PHW）に吸収されていたことを証明する。そして、これらのメンバーは細菌や毒物に関するエキスパートであった、だから帝銀事件の犯人グループは毒物などに無知な画家の平沢貞通ではなく、むしろGHQに留用された旧陸軍グループだったのではないか、と清張は推理していくのである」

この本についての本質的なことと、面白さの核心がここに語られている。これ以上につけ加えることはない。といいながら、贅言《ぜいげん》を一つだけ。GSとG2の対立について清張さんがかなり熱をこめて書いているのは、『下山国鉄総裁謀殺論』である。ほかにも造船疑獄と昭電事件をテーマにした「二大疑獄事件」で、対立の構図がくわしく描きだされている。結果として、見方によっては、それらは情けない戦後日本の恥部の告発にもなっている。

●データの積み重ねから

こうして日本の戦後史、とくにアメリカ占領軍の支配下にあった戦後史の疑惑は、この『日本の黒い霧』によってはじめてメスが入れられたことになる。ただし、その事実と推理とは、これが書かれた時点での資料的な制約もあり、取材も難しく、可能なかぎりでの枠組みに留めざるをえないところがある。いまになってみると、いくらかは当をえない推理となる部分もあろうか。たとえば「『もく星』号遭難事件」などはどうか。ナゾの深さは理解できるけれども、具体的推理や疑惑の構図については少しく疑問を感じてしまう点がないわけでもない。

そういう事情もあり、本書に関して「あまりにも意図的である」「反米的でありすぎる」という不満とか批判とかをいう人がいまも多い。つまり、事件の根因をすべてアメリカ占領軍の謀略、あるいはGHQ内部のG2とGSとの対立に帰しすぎるのではないか、というのである。そのことについては、昭和三十五年の連載の当時から、かなりの読者の反発があったという。それで連載終了の直後に清張さんは、「なぜ『日本の黒い霧』を書いたか」と題した一文を書いている。肝腎の箇所だけを引く。

「だれもが一様にいうことは、私が反米的な立場でこれを書いたのではないか、という問い方である。これは、占領中の不思議な事件を、何もかもアメリカ占領軍の謀略である、という一律の観念の上で私が片付けているような印象を持たれているためらしい。(中略)そういう印象になったのは、それぞれの事件を追及してみて、帰納的にそういう結果になったにすぎない」(「朝日ジャーナル」昭和三十五年十二月四日号)

ただし、この説明はあまり多くの人の目にふれることがなかったらしく、その後もずっと同じような疑問や論評が尾をひいて、清張さんを困惑させていた。そして、やがてその代表格ともいえる批評が発表された。作家の大岡昇平氏がほぼ一年後に雑誌「群像」(昭和三十六年十二月号）に書いた「松本清張批判」がそれである。ここで大岡氏はこの作品をかなり激越に論難した。この本が「政治の真実を描いたものとは、一度も考えたことはない」といい切り、大岡氏はこう書くのである。

「松本にこのようなロマンチックな推理をさせたものは、米国の謀略団の存在である。つまり彼の推理はデータに基いて妥当な判断を下すというよりは、予《あらかじ》め日本の黒い霧について意見があり、それに基いて事実を組み合せるという風に働いている」

「松本の推理小説と実話物は、必ずしも資本主義の暗黒面の真実を描くことを目的としてはいない、それは小説家という特権的地位から真実の可能性を摘発するだけである。無責任に摘発された『真相』は、松本自身の感情によって歪められている」

全文はかなり長いものゆえ、ごく一部を摘《かいつま》んだにすぎないけれども、大岡氏のいいたいことは了解されるであろうし、筆鋒がかなりきついことも理解できるであろう。しかも、清張さんのうちにある「ひがみ根性」のなせる業《わざ》である、という趣旨のことまで記されている。

清張さんはこの批評にカチンときた。予め設けてあった意見（すなわちGHQ謀略団の存在という予断）があり、それに合うように事実を組み合わせた推論にすぎない、とまでいわれては、黙視しておくわけにはいかなくなった。ただちに「群像」昭和三十七年一月号で「大岡昇平氏のロマンチックな裁断」と題して、やや慎ましく反論した。

『日本の黒い霧』における私の推論が、悉《ことごと》く最初に既成観念があって、それから派出して書かれたものだという云い方である。これもおかしなことで、私は、占領中に起った諸種の事件の中で、アメリカ謀略関係の手の動いたものだけを集めたのだ。つまり、帰納的結論が出て、その種類のものを一冊にまとめただけだ。同傾向の短編小説集を編むのとちっとも変りはない。本末を顚倒されては迷惑である」

前に「朝日ジャーナル」に書いたことと同じ趣意の表明である。これはまさしく清張さんの本心の吐露《とろ》であったと思う。「占領軍の謀略」という定数を用いて、すべての事件を割り切ったのではない。そのことについては、わたくしも清張さんの口から何度も同じ主張を聞かされたものである。この本を書くに当たって清張さんがとったのは、データを客観的に採り上げ、丁寧に配列してナゾを埋めることで、空白の部分がいつしか見えてくるという方法である。予断も予測もなかったのである、と。

このとき大岡氏がさらに反駁《はんばく》することはなかった。というのも、実は大岡氏は「松本清張批判」の三ヵ月前に発表した「推理小説論」(「群像」昭和三十六年九月号)ですでにこう書いて『日本の黒い霧』をそれなりに評価していたのである。

「彼(松本)が、旧安保時代以来、日本社会の上層部に巣喰うイカサマ師共を飽きることなく、摘発し続けた努力は尊敬している。『日本の黒い霧』が『真実』という点で、いかに異論の出る余地があるにしても、私はこの態度は好きだ。どうせほんとの真実なんてものは、だれにもわかりはしないのである」

これでは論争になりようがない。大岡氏がややムキになっていちゃもんをつけたといってもいいのではあるまいか。

●現代史の本質を読みとる

くり返すが、この「帰納的にそうなったまで」という清張さんの主張というかボヤキは、ずいぶんと後々までも『日本の黒い霧』が話題になるたびにわたくしは直接に聞かされたものである。はじめから反米があって、それにあてはまる事件だけを集めたのではない。なのに、いわば低次元の謀略史観による作品と考える読者が、跡を絶たないんだよな、と清張さんは苦笑する。その都度、わたくしは「大丈夫ですよ。読者はそんな風に読みやしませんよ。丁寧に読んでみれば、そうでないことは一目瞭然ですから」という。「キミはいつも同じことしかいわないね」といい、清張さんは容易に納得しようとはしなかった。

いまあらためてこれを書くために読み直したが、その確信を強めている。いまならもう少し説得的に答えられたものを、と残念である。「そんな意図的なものならば、読者はとうてい最後まで読み通せるはずはないんですよ。金太郎飴では早々に飽きがくるか、芬々《ふんぷん》たる臭みに辟《へき》易《えき》するばかりとなります。とうてい清張さんの論理と推理を追って、この長い一冊を楽しんではいられないじゃありませんか」。いや、この程度の慰労と説得では、やはり清張さんの寂しそうな笑顔を見るだけかもしれない。

とにかく、この作品からまず読みとるべきものは、清張さんの〝素朴な正義感〟といったものなのである。解決困難な問題に、大岡氏のいう「だれにもわかりはしない」かもしれない歴史の裏面の真実に、正面から取り組んで、一所懸命に疑問を解明しようとしている、清張さんの真摯な、屈せざる〝もの書き魂〟というものをである。そして、その一方で、時には作者の推理の展開の斬新さや見事さに惚《ほ》れこみながら、楽しみながら。

歴史家の菊地昌典氏がうまいことを書いている。

「松本さんは、むしろ、この『推理』を『史眼』と不離のものとして現代史家に迫り、決してそれは正統的な『現代史』ではないが、現代史の本質に静かに埋没している不可知の流れをえぐりだすことによって、逆に、現代史そのものを書くことに成功したといってよい」（『推理』と『史眼』と」「文藝春秋」昭和四十八年十一月臨時増刊号「松本清張の世界」）

すなわち、その現代史の（とくに占領下日本の）本質そのものを、わたくしたちは本書からきちんと読みとらねばならないのである。

（『日本の黒い霧　下』「解説」／文春文庫）

小説に託された裏面史

●作家の発想

一流の作家には、いわゆる筆に脂がのって八面六臂《はちめんろっぴ》の活躍をするときが何度かある。量的に目を瞠《みは》らせるばかりではなく、発表される作品が秀作ばかりというときである。松本清張さんのそれの一つが昭和三十五年（一九六〇年）にあった。

「文藝春秋」一月号から『日本の黒い霧』連載開始（〜十二月号）。「オール讀物」一月号から『球形の荒野』連載開始（〜翌年十二月号）。「週刊新潮」一月十一日号から『わるいやつら』連載開始（〜翌年六月五日号）。五月十七日から読売新聞に『砂の器』連載開始（〜翌年四月二十日）。「サンデー毎日」八月七日号に短篇「駅路」発表。いずれも世評の高い傑作で、よくぞこれほどジャンルの違う作品群を、混乱をきたさず整然と書き分けられたものよ。

なかでもわたくしは、『球形の荒野』をくり返し読むほど愛読している。そのわけを、NHKテレビの人間講座「清張さんと司馬さん」という番組で語ったことがある。不躾《ぶしつけ》ながらそのまま、そこで話したことを引用することにする。

「長篇『球形の荒野』の出だしは最高ですね。

『芦村節子は、西ノ京で電車を下りた。／ここに来るのも久し振りだった。ホームから見える薬師寺の三重の塔も懐かしい。塔の下の松林におだやかな秋の陽が落ちている。ホームを出ると、薬師寺までは一本道である。道の横に古道具屋と茶店を兼ねたような家があり、戸棚の中には古い瓦などを並べていた。節子が八年前に見たときと同じである。昨日、並べた通りの位置に、そのまま置いてあるような店だった』

この節子がお寺の芳名帳に叔父の筆跡によく似た字を見つける。その叔父は、戦争中はヨーロッパにいて、終戦を促進するための秘密工作にたずさわり、帰国を前に病死したことになっています。おかしい、と思って、もう一度お寺を訪ねて芳名帳を見ると、もうそのページは切りとられていた。

清張さんは雑談の折にこんなことをいっていました。

『奈良や京都の古寺の白い壁や柱に、落書きが多いのに、だれでも気づくだろう。なかには、恋人と二人できたものが、青春の思い出に二人の名を書き、何年かたって、中年の人妻としてふたたび訪ねてきて、過ぎ去った恋を偲《しの》ぶのもあるかも知れない。このアイデアはいける、と考えたが、これだけではものにならない。と思っているうちに、とにかくこれがヒントになって、あの小説ができあがった』

そこから、国際的謀略の犠牲になって死んだことにされ、日本国籍を失った外交官の物語がどうして生まれるのか、作家の発想とはそういうものか、と恐れ入った記憶があります。この作品は単なるミステリーではなく、清張さんが書こうとしているのは、戦中から戦後への現代史の一裏面というものではないか。そう思うんです。ひとりの外交官が自分を死者として存在を消し、連合国の謀略機関に加わり終戦を画策する。そこから発する国家敗亡を前にした軍部との確執。それは戦後まであとを引くんですね。

物語としてはリアリティを備えてうまく描かれていますが、現実ではありえない話だ、という批判が当然提出されることでしょうが、ない話ではなかった。事実、ルーズベルト米大統領の政治外交顧問ジョン・F・ダレスの弟、アレン・ダレスを仲介として、スイスで秘密裡に行われた和平工作には、何人もの日本の軍人や外交官がからんでいます。結果的には東京の理解がなく潰《つい》えてしまいましたが……。

清張さんがこの極秘の工作にこんなに戦後も早い時期に注目していたとは、と、いまは脱帽するばかりです。とにかく昭和史好きには、サスペンス小説というよりも、より大きな歴史的関心をも読めるわけです。

それにしても、この作品のラストが泣かせますね。さまざまな事件が起きて、会いたいと思っている娘になかなか会えない。永遠に日本に別れを告げようというとき、観音崎で元外交官は会いたいと思っていた娘とやっと会う。娘は父と知らない。二人で『カラスなぜなくの……』を歌う。

『合唱は波の音を消した。声が海の上を渡り、海の中に沈んだ。わけのわからない感動が、久美子の胸に急に溢れてきた。／気づいてみると、これは自分が幼稚園のころに習い、母と一しょに声を合わせて、亡父に聞かせた歌だった』

娘は、はたして紳士が父とわかったのかどうか。余韻嫋々《じょうじょう》」

つまり、日本の現代史の知られざる裏面が活写されている。そこが「歴史探偵」を自称するわたくしには面白くてならないのである。自分の存在を消し、ひそかに終戦を画策し推進した外交官。その人が娘に会いたくて日本に帰ってきた。その男が生きていたと知った元軍人は、許すべからざる反逆者にして売国奴として元外交官の生命をつけ狙う。こうしていくつかの殺人があり、その犯人を探すというサスペンスもあり、ナゾはナゾをよぶが単なるナゾ解きにあらず、怖いことは怖いがおどろおどろしい殺人鬼がでてくるわけでない。なるほど、推理小説であることに間違いはないのであるけれども、それ以上のスケールと文学性をもっている。しかもリアリティをもって実に見事に描かれる。いうなれば、常識的論理で裏打ちされた現代小説、人間の内面にひそむ悪や闇をしっかりと凝視したサスペンス現代史とも読めるのである。

●抹殺されたダレス工作

ところで、小説を楽しく読むためには要らざるお節介になるかと思われるけれど、解説者としては、やはりここで少しく歴史講座を開講させてもらうことにする。すなわち、ダレス工作についてである。

この和平工作は、スイスのチューリッヒの公使館附武官の岡本清福陸軍中将を中心に、国際決済銀行の北村孝治郎理事と部下の為替部長吉村侃とが、同銀行顧問のスウェーデン人ジャコブソンの仲介で、アレン・ダレスという男を大物中の大物と紹介され、かれに接触して開始されたものである。実はこの人は秘密諜報機関「ＯＳＳ」のヨーロッパ総局長であり、北イタリアのドイツ軍を単独降伏にみちびいたのも、かれの工作によるものであった。書くまでもなく戦後はＣＩＡ（中央情報局）長官として有名になる。その男の登場となれば、きわめて現実性・具体性をもったものであり、過去のうたかたのように消えた和平工作とは全然性質を異にしていた。時に昭和二十年六月、ナチス・ドイツはすでに無条件降伏し、世界の国々を敵として戦い続けるのは日本のみとなっていた。

そして現実に、七月十六日、日本側の提案にたいするダレスの回答が岡本中将に届けられる。なんと、日本側の提案にアメリカ側も乗り気であったのである。「〈日本側の条件である〉天皇の安泰については、米政府は反対しないが、他国の反対を考慮せざるをえないから、直接にコミットしえない。ただし日本が早期に降伏すれば、安泰の保証はしうるであろう」「憲法は改正されるべきである」などとあり、いずれにせよ、連合国首脳によるポツダム会談（七月十七日－八月二日）の間に、日本の和平承諾がなければならない。そうすればただちに戦闘は停止される。ただしソ連が参戦してしまった後であっては、事態は容易でなくなる、というものであった。

十八日、岡本は東京の参謀本部あてに、和平に関する経過と結果をくわしく報告する電報を打った。そしてそれは間違いなく参謀総長の手元に届いているのである。しかし、東京ではアレン・ダレスが何者なるかの理解はまったくなかった。それゆえ岡本電は机の隅にほかの書類とともども積まれたまま、ほこりをかぶることとなった。

惜しいチャンスを逸し、すべてが空しかったことは歴史の示すとおりである。岡本中将は八月十五日に満五十一歳の生涯をみずからの手で絶った。

いまになれば、このようにダレス工作についてかなり詳細なところが判っている。が、昭和三十五年といえば、まだまだ昭和史のもろもろが秘められたままになっていた。そんなときに、この史実に清張さんが注目していたとは、と、ただただ感服するほかはないのであるが。

この小説にはもう一つ、女性必読といったなんともいえない楽しさがある。ふんわりとした叙情が全篇に溢れているということ。ギリギリとまるで地を這《は》うようにして犯人を追い詰めるリアリスト松本清張らしくない他の一面、しかし、そこにこそ、心やさしい作家清張さんの本質があると思われる。とくに、いたるところに描かれる日本の風景、それは古き佳き美しい日本のそれとして描かれる。冒頭の薬師寺やその付近の大和平野の部分を読むだけでも充分に満喫させられることであろうが、わたくしは唐招提寺の金堂の描写が好きである。

「大きな鴟尾《しび》を載せた大屋根の下には、吹放しの八本の柱が並んでいる。いつ来ても、この円柱の形は美しい。法隆寺を思い出すような、ふくらみのある柱だったし、ギリシャの建物にあるような形なのである。(中略)雲がすこし切れて、うすい陽の光線が洩《も》れた。八本のエンタシスの柱は、影を投げて一列に見事な立体をつくった」

清張さんの文章の特徴である平明さ。ごてごてとした余計な贅肉はそぎ落とされ、すっきりと、眼前のものが的確に表されている。無造作とも、素っ気ないともいえようが、そこが気持よい。結果として、風景は流れるように作品のなかに組みこまれ、かつてその地に立ったことのある読者の記憶を蘇らせる。以下にいくつか抽出してみよう。

「晩秋の蓼科《たてしな》高原は、蒼い空の下にもう初冬の色を見せている。人の影もあまり動いていなかった。（中略）草は黄ばみ、白い薄《すすき》の穂が一面に風に光っていた。このあたりから、赤土の多い石ころ道になっている」〔蓼科高原〕
「木の茂みの加減で、夕暮れのような暗い所を通ったり、明るい場所になったりした。雲の多い空から陽が射したり、隠れたりしているような具合だった。ここで動いているのは人だけである。／寺で苔を大事にする筈だった。頬ずりしたくなるように、美しくて柔らかいのである。色は陽の当たる所で冴え、陰の部分は沈んだ深味を見せていた。所によって、愕《おどろ》くほどの厚さがあった」〔苔寺（西芳寺）〕
「久美子は、岩の上を注意して歩いた。浸蝕された岩は、到る処に火山岩のような孔をつくっていた。／海の水が押し寄せてきて岩と岩との間に流れ込んだ。それが忽《たちま》ち川のようになって元へ逆流するのだった。蟹が匍《は》っていた。潮の匂いが強い」〔観音崎〕
そしてこれらは丁寧に読んでみると、十数年ぶりに祖国へ帰った元外交官が見る美しい日本の原風景として描かれている。またそれらは、環境破壊ものかは開発につぐ開発の日本列島で、もはや見ることのできなくなった「日本の美しさ」というもので、えもいわれぬ懐かしさを感じさせてくれる。憎悪、復讐、殺意といったどろどろとした人間の暗い部分が畳みこまれているストーリーのなかで、それらは明るく、読者の胸をほんわかとした叙情で包んでくれる。

（『球形の荒野　下』「解説」／文春文庫）

二・二六事件と石原莞爾

●編集者が日曜日に休むのはけしからん

わたくしは『清張さんと司馬さん』という本を清張さんが亡くなってからだしています。編集者は、亡くなった作家のことを、俺はこんなによく知っているのだと皆書きたがります。しかしわたくしは「編集者は自分の黒子時代の話を得意そうに書くな」といっていたのです。というのは、亡くなった先生方は文句のつけようがないからです。まさか「おまえ、違うじゃねぇか」と冥土のあっちのほうからいうわけにもいきませんので、どうしたって一方的で、はなはだよろしくない。きちんと反論ができるときに書くべきだ、といっていたのに、みずからその約束を破って本をだしてしまったわけです。

といいつつ、本題に入る前に一席。清張さんは浜田山に住んでおられました。わたくしはいまは違いますが、当時は永福町に住んでいました。

清張さんは日曜日になると家に電話を掛けてきまして、朝の九時半にチリンチリンと鳴るんですね。家内がでて「もしもし」というと「松本だが」と。「どちらの松本さんですか？」と訊くと、「浜田山の松本だが」と仰《おっしゃ》る。びっくりする家内に「半藤くん、いるかね？　ちょっと急用があるから来てくれ」ということで、しょうがないので下駄はいて自転車《チャリ》に乗って、清張さんの家に行きました。

でも、別に何も用はない。「編集者が日曜日に休んでいるのはけしからん」というんです。「おれは働いている。それなのに編集者は、のうのうと休んでいる。これは良くないことだ」と、だから今日はおまえはおれと話をしろと、それだけのことなのです。

ついでにちょっと脱線しますが、話が終わって帰ろうとすると、いっぺんだけですが、わたくしの履いてきた下駄がない。お手伝いさんが「あんまり汚いので捨てちゃいました」という。ひどいもんだと思いましたけど、あわててゴミ箱から拾ってきた。そういう仲でございまして、とにかく日曜日にやたらと呼ばれていろいろな話をした、そのときの話のひとつをいたします。

●北一輝も山下奉文も嫌い

二・二六事件のさいの石原莞爾を取り上げたいと思います。清張さんが石原をどう見ていたか、それに対してわたくしがどう反論したか。日曜日に呼ばれて石原莞爾論を戦わせたお話です。

二・二六事件といえば、ほんとうは北一輝のほうが面白いのでしょうが、困ったことに清張さんはあまり北が好きではないんですね。昭和四十六年（一九七一年）四月に『昭和史発掘』の雑誌連載が終了した後に清張さんは『北一輝論』（一九七六年）という厚い本を書かれています。

北一輝を清張さんはどう見ていたか。簡単に結論すると「彼はこの『軍事革命』の先頭者ではなく、怯懦《きょうだ》な日和見主義者といわんよりも、むしろ青年将校運動を利用して私益をはかっていた男である」（『北一輝論』）と、こういうことになるんですね。ちょっとひどすぎるのではないですかと清張さんとやり合ったこともあるのですが、この話はあまり面白くないのでここでは外します。

もう一人、山下奉文《ともゆき》、太平洋戦争のとき、マレー・シンガポール攻略戦の軍司令官として名を馳せた人がいます。二・二六事件のときはどちらかというと青年将校派、いわゆる皇道派の人でした。これは清張さんとあまりやり合いはしませんでしたが、清張さんは山下も嫌いなんですね。

山下についても『昭和史発掘』にある清張さんの文章を読み上げます。「山下は、陸相官邸で涙を流して彼らの自決申合せに『感動』し、勅使差遣も本庄に頼みに行ったくらいだが、それが変って彼らの徹底抗戦となったのだから、山下としては立場がない」、「そこにもたらされた秩父宮の『御言葉』だから、山下らはこれを『令旨』として十二分に利用しようとしたのだ」。秩父宮の案とは、「勅使を派遣し、反乱軍将校は自決をし、兵士たちは全部原隊に復帰する」というものです。これを山下が聞き、「これはいい、この案で行こうじゃないか」とさっそく宮中にもっていき、本庄繁侍従武官長にいうわけです。

すると本庄は「何を言っているか」、「天皇はそのような気持はまったくない」、「反乱軍の将校が自決するために勅使を出すなんてとんでもない」と、けんもほろろに山下にいうわけです。清張さんはそこまで書いて、山下は「すごすごと帰った」。「その醜態を見るべしである。一段高いところにいかめしく白布を敷き、『令旨伝達』の舞台設置をするところなど山下らしい小細工で」あると。これほんとうに清張さんの『昭和史発掘』の文章です。ここまでつれなくしなくてもいいんじゃないかと思うほどですが、まあ、つれない。

●反乱軍将校から見た石原莞爾

二・二六事件における石原莞爾は非常にむずかしい人です。ですが、石原のところだけ拾うと格好いいんです。反乱軍に「討伐せよ、こういうことは許さん」と、最初から最後までびくともしなかったという見方ができるのです。ですが、わたくしから見ると、本心はどっちだったか分からないぞというところも見られます。そこで、わたくしと清張さんは真っ向からぶつかり合ったのです。

石原莞爾は山形県の鶴岡の人、清張さんは九州小倉の人です。東北の人と九州の人は合わないなあとわたくしは思っています。わたくしは親父が越後の出ですから、どちらかというと東北贔屓《びいき》です。ですから九州出身の清張さんがあまり石原莞爾を褒め称えると、そんなものじゃないんじゃないですかと、なぜか、つい文句をいいたくなる。それくらい褒めているんです。

まず反乱軍将校は石原莞爾をどう見ていたか。

磯部浅一の『第二回被告人尋問調書』では、二月十日ごろの記述に「私共ノ気持ガ判ツテ下サル方々」のひとりとして、名前が挙がっています。つまり反乱軍将校に同情的な人物、牟田口廉也、鈴木貞一、小畑敏四郎、岡村寧次、山下奉文、本庄繁、荒木貞夫、真崎甚三郎、川島義之、今井清という面々がずらっと並んでおり、そのなかに石原莞爾の名前もあるわけです。つまり決行十日前くらいには、石原はこっち側だと反乱軍の人たちは見ていた。

ところが磯部は『行動記』で、決行当日に「余の作製した斬殺すべき軍人」として、林銑十郎、片倉衷、武藤章、根本博と並んで石原莞爾の名前も挙げている。『行動記』は磯部の遺した手記で、反乱軍の側の動きとか気持とか精神とか、そういうものが察せられます。清張さんも『二・二六事件』に使っています。

こう見ると、石原莞爾はスタートのときから反乱軍には鵺《ぬえ》みたいにどちらの側かよく分からない人だったとも見えるのです。ただ、磯部がどこまで反乱軍将校の全員の意思を代表しているかは分かりません。斬殺すべき軍人として挙げているのは、〈余の〉、つまり〈私がこう考える〉というわけですから。でも一応、林にしろ片倉にしろ武藤にしろ、統制派の錚々《そうそう》たる面々ですから、皇道派にすればまさに斬殺すべき人間。そのなかに石原莞爾もひょこんとでてくるのです。まことにややこしい。清張さんもこの両方を見ているから、お書きになりながら「さてさて」と思ったに違いないでしょう。

●二十六日——「軍旗を奉じて断平討伐」

石原莞爾が活躍する場面だけをいくつか取りだし、清張さんがどう書いているかを話していきます。

二月二十六日の事件当日の朝、薄明るくなってきたころ、参謀本部作戦課に課長の石原莞爾大佐が一人でふらりとやってきて、いきなり参謀次長の杉山元大将に電話をし、「すぐに戒厳令を布いたほうがよろしい」と意見具申をしたと書かれています。これが石原の最初の姿です。清張さんの『二・二六事件』にはありません。清張さんの後にでた『戒厳指令「交信ヲ傍受セヨ」』（日本放送出版協会　一九八〇年）という本に書かれています。果たして本当に石原がそんなことをしたのか、全部がほんとうかは分からないと思いますが、非常に格好良く登場します。

それから午前九時ごろ。真崎甚三郎大将を筆頭に、山下奉文少将、小藤恵連隊長という皇道派の主だった面々が、陸相官邸に集まり、今後事件をどういうふうに持っていくかという議論が交わされた。

その場面で石原莞爾大佐は「広間の椅子にゴウ然と坐してい」たと、清張さんは磯部の『行動記』に基づいて書いています。反乱軍将校の一人である栗原安秀中尉が「前に行つて『大佐殿の考へと私共の考へは根本的にちがふ様に思ふが、維新に対して如何なる考へを御持ちですか』とつめよれば、大佐は『僕はよく分らん、僕のは軍備を充実すれば昭和維新になると云ふのだ』と答へる」。ピストルを握っている栗原は磯部に「どうしませうか」と、撃ち殺してしまいますかと訊くわけですね。しかし石原はびくともせず、そっぽを向いて「云ふこときかねば軍旗をもつて来て討つ」と余計なことをいう。そこにやはり皇道派の斎藤瀏という少将、彼は歌も詠む人なのですが、「何を云ふか」と仲に入って止め、険悪な空気を押さえたといいます。

斎藤瀏自身は『二・二六』という本でこのときの石原の言葉をこう描いています。「なんだこのざまは、皇軍を私兵化して……軍旗を奉じて断平討伐……」。なかなか剛毅です。そして

「この室に居た青年将校が剣をがちゃんと鳴らして立ち上つた。柄に手がかゝつて居る」。そこで斎藤が「待て」といって制したと。これは清張さんも引用しています。

つまり、この場にいた磯部と斎藤の証言はほぼ同じ、皇道派の人たちが陸相官邸に集まって事態をこれからどうするかと話しているところに石原莞爾は姿を見せて「断乎討伐するぞ」と敢えていった。二人が書いていますから、実際にあったことなのでしょう。こういうところを見ると、石原はやはり最初から討伐を考えていたのかとわたくしなんかは思うわけです。

●二十七日――「戒厳令を」

次に石原莞爾が登場するのは翌二十七日午前二時ごろ。帝国ホテルのロビーに、橋本欣五郎大佐、満井佐吉中佐と密かに三人で集まって会談するわけです。前日の午前九時ごろの石原莞爾はものすごく格好良く、初めから「討伐だ！」といっているのに、このときの三人の会談はどうも不思議なのです。満井佐吉というのはどちらかというと皇道派寄りで、反乱軍と鎮圧側のパイプ役です。橋本欣五郎は、三月事件や十月事件を起こして、軍の改革を目指している先鋭的な人間でした。こういう三人がこそこそ相談をしているのです。

目的がよく分からないところはありますが、清張さんはこう書いています。

「会談模様は直接には語られていないが、席上、橋本は『天皇に大権の行使を仰いで維新を断行する。蹶起部隊は原隊に撤退する』という案を述べ、石原と満井はこれに同意した。だが、後継首班（誰を後継の総理大臣にするか）について意見が分れ、石原は東久邇宮を、満井は真崎を、橋本は建川を推した」。三人がバラバラになった。そして清張さんは、石原が皇族内閣をつくろうとしたのは、宮様をロボットにして、存分に自分たち幕僚派、つまり自分の政策を実行できるようにするためだ、というのです。

しかしわたくしは、この会談は清張さんが書いているようなものではなかったと思っています。このときに三人が考えた事態の収拾案は三つあるといわれています。まず一つは天皇陛下に、あいつらのことを許してやってもらえないかとお願いする、「反乱将校への大赦を請願する」こと。二つ目は「反乱部隊は原隊に撤退する」こと。そしてもう一つ「革新政府を作り上げる」こと。この三つであったという説があるわけです。

ところが清張さんは「維新を断行する」「蹶起部隊は原隊に撤退する」という二つは書いているのですが、「反乱将校への大赦を請願する」というのは外している。

清張さんがこの大冊を書かれた時点では、この三人の会談があまりよく分かっていなかったことは確かです。ただ、石原莞爾のほうをちゃんと調べていくとでてきます。実はこのあと、この三つの案を持って石原は杉山参謀次長に会い、天皇にいってくれと意見具申をしているのです。

ところが杉山はそれ以前に「これは国家に対する反乱である。反乱部隊は一切許さない」という天皇の意思がものすごく固いことを承知していました。だから石原の意見具申をはねのけるんです。石原はこのとき三人の案が実行されないことが分かり、考えが少し変わってきます。

といっても、石原莞爾はまだ引いてはいません。杉山にたいし「とにかく戒厳令を早く布いたほうがいいです」というわけです。杉山は「それは分かった。そのほうが大事だ」といい、天皇の許しを得て、午前三時には戒厳令施行の勅命がでます。

つまり、午前二時ごろに帝国ホテルで三者会談をし、収拾案をつくったけれど、杉山がノーといって通さなかった。しかし石原は杉山の尻を叩いて戒厳令は布かせた。清張さんもそう考え、『軍国太平記』（高宮太平）を引用してこう書いています。「戒厳令を布いて行政権を陸軍で取上げ、その間に東久邇宮を首班とする強力内閣に持つてゆき」、「叛徒に対しては直ちに武力鎮圧の態勢を示し、若しおとなしく撤退しないなら少々の犠牲は顧みず討伐を決行する」と。どうも筋道からいうとそうなるらしい。

『木戸幸一日記』にはこうあります。「戒厳令を布くことに陸軍大臣より要求あり。之は主として石原大佐が主張せしによると云ふ。海軍大臣は其の必要を認めざれど陸軍が責任をとれずと云ふのなれば致方なしと云ふ。後藤内相は相当反対したるも、遂に同意せりと云ふ」。

明らかに石原が後ろにいて、強引に戒厳令を布かせたことが分かります。「陸軍大臣より」とありますが、川島義之陸軍大臣はこのころ右往左往して使いものになりませんから、杉山が行ったと思います。どうも石原莞爾は東久邇宮ロボット内閣をつくり、戒厳令を布いて陸軍がリードする、とこういう思考をもって、次の行動に移ったとわたくしは思うわけです。

戒厳司令部ができ、石原はその戒厳参謀になります。そして話がぽんぽんと進み、二十七日の午前八時五十二分には決行部隊に対する武装解除、または武力討伐の奉勅命令が下るわけです。ですから事件が起きて一日経ったときには、もう反乱部隊として討伐される対象になっていた。

清張さんはこう書きます。「この奉勅命令奏請の段取りが、杉山の意志というよりも主として石原（作戦課長）の発意によったであろうことは、（杉山元のメモの）『本件については、予め幕僚とも打合せ済なり』の字句により察しられる。幕僚の中心は石原で、石原が幕僚部を引張り、杉山の尻をたたいていた」。つまり、石原莞爾はこの時点で完全に軍を動かしての武力討伐へと考えを変えていたのです。

●二十八日――「直ちに攻撃。命令受領者集れ」

二十八日の午前三時になり、また石原莞爾の出番が来ます。

戒厳令がでたことが反乱軍に伝わり、そこで反乱部隊の意思を伝える使いとして、山口一太郎大尉、小藤恵連隊長、鈴木貞一の三人が戒厳司令部にやってくるわけです。山口大尉は本庄侍従武官長のお婿さんで、本当に熱涙こぼれるような演説をやったといいます。なんとか気持を汲み取ってほしい、けっして反乱ではないんだと、一生懸命訴えた。水を打ったようにシーンとなったと清張さんも書いています。

しかしそのとき「突然、大きなテーブルのはしの方に居った石原さんが、立上った。静かな声で、『直ちに攻撃。命令受領者集れ』と言い残して、そのまゝ、部屋を出た」。そして、部屋の外で、命令受領者、つまり討伐軍のほうの命令受領者に向かって、大きな声で「軍は、本廿八日正午を期して、総攻撃を開始し、叛乱軍を全滅せんとす」といったというんです。山口も小藤も満井もそれを聞いているんです。えっというような感じになったと思います。石原はそれを屁とも思わず、「奉勅命令は下った、降参か殲滅《せんめつ》か、この旨を帰って伝えよ」といって、小藤と満井の首スジをつかまえて、「階段の降り口の方へ押しやった」と『三宅坂』(松村秀逸少佐)を引いて、書いているわけです。そのとき一緒の部屋にいた馬奈木敬信大佐は、石原が「勝てば官軍、負ければ賊軍だよ」という意味のことをいったと記していますが、清張さんはこの言葉は採用しておりません。

ここまでくると、石原莞爾という人は、徹底的に反乱軍討伐の旗頭というより、最高の旗振りではないでしょうか。

その日の午前十時ごろ、荒木、林の両軍事参議官が戒厳司令部にやってきまして、杉山参謀次長と会談します。荒木らはなんとかして皇軍同士が鉄砲を撃ち合うようなこと（これを当時の言葉で「皇軍相撃」という）はないようにして、穏やかに収拾しようではないかといって杉山をくどくわけです。そこにいた香椎浩平戒厳司令部司令官も賛同します。

そこで石原莞爾が立ち上がりまして「失礼ながら、軍事参議官が出る幕ではない」と二人の退場を迫った、清張さんもそう書いています。軍事参議官とはもう現役じゃなくて外にでた人のことで、たとえばわたくしなんかは文藝春秋の軍事参議官みたいなものですが、石原はこういう連中を「出る幕じゃない」と表に追いだしたんです。それを見ていた香椎戒厳司令官までもが「決心変更、討伐を断行せん」といいだすようになった。これがまさに午前十時十分ごろでした。

こういうふうに流れをたどってきますと、石原莞爾だけをひろってきたわけですが、他の人をひろおうとひろうまいと、石原が中心で、反乱軍討伐に向けて陸軍は動いていることがはっきりするような気がいたします。だから清張さんにはもう少し石原莞爾という人間がどんなやつかを書いてほしかったなと、わたくしなんかは思うのです。

清張さんはこう書きます。「ここにおいて石原参謀は、待っていたとばかり直ちに攻撃開始を命令しようとした」。

つまり、香椎戒厳司令官が「決心変更、討伐を断行せん」といった瞬間に、石原は立ち上がって、では、と「直ちに攻撃開始」と命令しようとした。まさに、そのときです。そこにいた安井藤治戒厳司令部参謀長が「ちょっと待ってくれ。そういうけど、まだ奉勅命令が徹底してない」と、首都防衛の最高の部隊は第一師団ですから、第一師団長（堀丈夫中将）を呼んで、きちんとそれを伝えてから命令すべきではないかといったんです。すると、石原莞爾も「それももっともだ」と考えをひるがえして、そこでは、あえて攻撃開始命令をださなかった。実は、石原がなぜここで怯んだのか、ちょっと分からない、ここが問題のところなんですが。

●清張さんの石原莞爾論

次の石原莞爾の出番は午前十時過ぎ、反乱軍の中心人物である磯部浅一がたった一人で戒厳司令部に乗りこんできたときです。軍事参議官を追いだしたいまの話は、午前十時十分ごろだったので、ほとんど前後してです。香椎に我々のいまの思いを伝えたいと、磯部は強引に入りこんできて滔々《とうとう》という。するとそこに石原がくる。清張さんはこう書くんです。

「突然、石原莞爾大佐が入ってきた。石原は磯部の横に来て、『君等は奉勅命令が下ったらどうするか』と問うた」。実際は、すでに石原自身がこの朝、命令受領者を集合させて命令を伝えているわけです。「これは磯部らの出方を見るための打診だ。『ハア、いいですね』と、磯部は腹を立てて突放す」。勝手にしろということですね。「『いいですねでは分らん、きくか、きかぬかだ』『それは問題ではないではありませんか』と、磯部はわざと答えにならぬ答えをした。両方の話は嚙み合わない」。

そのときはそのまま別れ、また十時四十分ごろになって、再び石原大佐が入ってきます。清張さんはこう書きます。「司令官に強硬なる意見具申をしたるも、きかれず、司令官は奉勅命令は実施せぬわけにはゆかぬ、御上をあざむく事は出来ぬと云ひ、断乎たる決心だ」、つまり、戒厳司令官としては天皇の奉勅命令をきかないわけにはいかず、断固たる決心を固めている。だから、おまえが何をいってもダメなんだと磯部にいったわけです。そして、「『どうだ、君等は引いてくれぬか、この上は男と男の腹ではないか』と云ふ」。石原は涙をぽろぽろ流し、磯部の手をとって握手をしながら「引いてくれないか」といったらしいんです。

そして清張さんはさらに続けます。「石原は戒厳参謀中、奉勅命令の即時下達論者であり、討伐も辞さない最強硬論者である」。つまりこれが清張さんの二・二六における石原莞爾論なんですね。まったくそのとおりだと思います。ところが、そのあとに清張さんはこう書くんです。

「石原が杉山参謀次長の尻を叩き、決行幹部に心情的に同調して、態度の煮え切らない香椎司令官を引張り、遂に香椎をして『決心変更、討伐を断行せん』と杉山に言明させたのは、これまでみてきた通りである。したがって、石原が香椎に『強硬なる意見具申』をしたが、香椎がこれを承知しなかった、というのは、事実の顚倒で、石原が磯部の手前、司令官の『断乎たる決心』のせいにしてしまったのである。実力者が自己の意見を無能な上長の言葉にスリかえるのは常套手段である」と。石原は実に上手い芝居をうったといっているのです。「討伐の強硬意見を持ちながら、実は石原も撤退を最善の策とした」。

そして清張さんはこう説明するのです。

「石原も、この事件を応用して、あわよくば自己の抱いている国内体制の改革策を遂行しようという肚があった（二十六日夜、帝国ホテルで橋本欣五郎、満井佐吉の会談に参加したのはその現れである）から、討伐は必ずしも彼の望むところではなかった。また、討伐を決行すれば、軍と国民とが分裂する結果になるので、石原の改革案遂行も困難となり、彼が育ててきた『満州経営策』にも大きく影響する」。「そのようなことをいろいろと考えていた石原は、磯部に『引いてくれ』と頼んだのだろうが、『握手をして落涙』したというのは、石原にしては珍しく軍人的感傷だ。少々芝居がかってみえるのも、その場の昂奮であろうか」。

つまり、石原も撤退を最善の策とした、本心は討つんじゃなく引かせようという思いだと清張さんはいうわけです。

ほんとうはどうなのでしょうか。わたくしはここがとても面白いと思うんですよ。そして実は清張さんとわたくしの意見の分かれるところなのです。

●わたくしの石原莞爾論

これでだいたい清張さんの『二・二六事件』での石原莞爾の出番は終わりです。ここでご紹介した、石原の気持を忖度《そんたく》して書かれた部分が、清張さんの石原莞爾論であるようです。

「実はそうじゃないんじゃないですか？」

と、日曜日に呼びつけられて鰻重をご馳走になりながら議論しました。毎回鰻重なんですよ。なかなかおいしい鰻重で、また食べてみたいと思いますけども、もうチャンスが永久にありません。

わたくしは「先生、石原莞爾は、撤退を最善の策としたのではなく、ことによったら、本当はだあーっと全部潰して、軍事へゲモニーを握るために、本気になって反乱軍を討伐する気だったんじゃないですか？」といいました。

「宮様内閣をつくるとかいろんな構想はありますけど、そういうものを常に頭に入れながら、軍が自分たちのもっておる力をだーんとだし、ちょうどいいチャンスだから、反乱軍を叩き潰して、自分たちが考えている国家をつくりあげるためのヘゲモニーを握るつもりだったんじゃないですか?」」。わたくしはこういう説なんです。革命を利用して反革命をやるつもりだった、「反乱軍に引いてもらおうなんて考えてなかったんじゃないですか?」と。

するとと、清張さんは「君はずいぶん危険なことをいうねえ」、「ファッショだねえ」というんです。

「ファッショとかそういうことじゃなくて、軍とはそういうものじゃないですか? それは我々一般人が考えているよりも、軍というのはもっと自分たちの武力に対する信仰、信頼があって、そこに反乱軍がいるんですから、チャンスだ、そのままだーっと、一気に天下を取っちゃおうと考えるのが当然じゃないですか?」というんですが、清張さん、断固としてダメなんです。

「そんな馬鹿なことを石原が考えているはずがない」

石原はいま引用しましたような考えで、磯部の手を握って泣いたのも「軍人的感傷だ」と、優しいんです、清張さん。

「そんな優しいことはないんじゃないですか? もっと複雑なんじゃないですか? 石原も古だぬき、磯部だって古だぬきだから、どっちが狸か狐か分かりませんぞ」とわたくしはいうんですが、清張さんは「そうじゃないだろう。人間はそういうときになれば、昂奮して涙ぐらいでるもんだぞ、おまえ」なんて。

●海軍の見た「二・二六事件」と石原莞爾

『二・二六事件』が刊行された後、ある日曜日、「今日は、清張さん、面白いものを見つけました」と、ある資料を持ちこみました。二・二六事件のとき海軍が陸軍をどう見ていたか、事件を海軍がどう思っていたかが窺える資料です。

石原だけ追ってくると『二・二六事件』には海軍は全然でてこないんですが、海軍が後ろで事件をどう見ていたかということは「面白いと思うんですけれども」と持ちこんだわけです。

これはわたくしが発見した資料です。といっても、実は活字になっていますから、誰でも手に入るもので、「二・二六事件と海軍」（『人物往来』昭和四十年十一月号）という、福留繁元海軍中将が書いたものです。福留中将は連合艦隊の参謀長などを務めた、なかなかの人物です。二・二六事件当時は作戦課長です。つまり、石原と福留は陸軍と海軍の作戦課長として仲間であったわけです。福留は戒厳司令部に海軍を代表して行き、じっと石原莞爾の動きを見ている。その観察を、このまま読み上げます。全部じゃないです、省略して、いいところだけ。

「参謀本部は移転早々で多少ゴタゴタしていたが、案外穏かな空気で、特に石原は至極落ちついていて、事情を詳細に説明してくれた。筆者の最も心配したのは、事件がどこまで拡大するかという点にあったが、彼は、これ以上拡大することはないと断言し」た。

戒厳令発布後、「憲兵司令部の参謀本部第二課長石原大佐のもとに赴き、爾来彼と椅子を並べて事件収拾するまで、昼夜を分たず彼のそばを離れなかった。陸軍はいつ決起部隊に合流するかわからぬという一抹の不安があり、その際の海軍陸戦隊の東京派遣は極めて微妙な立場にあった」。

「この時機の選択は、戒厳司令部の実質的な中心者である石原との接触によって捕捉するほかない。彼のもとにはあらゆる情報が集まってくる。したがって彼との接触を保っておれば、機を誤るようなことはあるまいと思ったからである」

「海軍は万一反乱が拡大するような場合に備えて、最大限の陸戦隊を編成して東京派遣の準備をしている。皇軍として当然の任務と考えるからである。すでに艦隊の東京湾集結も、陸戦隊編成も発令された。願わくは海軍の東京派遣など必要のないようありたい」

福留は石原に通告した。すると、彼は断じてそのような事態にはしないといった。このことは正式に申し入れると、角の立つおそれがあるので、福留は石原だけに口頭で連絡するにとどめたわけです。

「第二日になると石原の態度は非常にハッキリしてきた。決起部隊は反乱軍となり、鎮定が断乎討伐となった。石原のところにはいろいろな手を通じて反乱軍から連絡もあり誘引もあったようであるが、彼の決意はますます固くなっていった」

こう福留は書いているんです。

これは、海軍は何もなく事件が終わるとは見ていないですね。万一に備えるどころではなくて、ヘタをすると、ものすごい内乱になってしまう恐れがあると思っていた。そこで福留はみずから海軍の軍令部総長、伏見宮に報告に行き、同時に意見具申をしています。「陸軍の東京集結兵力は三個師ということでありますが、海軍では三個師半の編成ができます」。「万一、一部市街戦となりましても、幾度か上海などで市街戦の経験を経ております海軍には、充分の自信があります」。

海軍が陸軍とやり合う可能性について、きちっと伏見宮にいっているんです。「東京に集結する陸軍三個師」とは反乱部隊ではなく、討伐部隊です。宇都宮や佐倉から東京に集められていた陸軍の討伐部隊が三個師団。そして海軍も三個師団半くらいは集められる、しかも戦艦はすでに東京湾に入ってきていて、主砲を議事堂、東京中心部に向けている、準備を全部済ませている。

これは、海軍にはいざというときには陸軍三個師団と戦闘する覚悟があると読めます。福留は微妙にしか書いていませんが、石原の側にいて動きを見ていると、「これはやるぞ」と、「これは反乱軍を討伐し、同時にヘゲモニーを握ることを考えている」と感じたのではないか。福留もプロですから、石原という人間が何を考え、軍というものがどういう動きを見せるのかは、わたくしたちよりもはるかに分かっていたのではないかと思うんです。

だから、「どうですか、こういう海軍のきびしい見方がでてくると。石原莞爾は事件を穏やかに収拾して、そして静かに収めて、というようなことを考えていたのじゃないんじゃないですか？」とわたくしはいったわけです。

清張さんは「でもなあ、そんなこと、あんたは海軍好きだから、海軍びいきの目だからそう見えるんで、キミの目は曇っとるんだよ」と。

「満州事変のときもそうだし、その後も、軍人の政治介入はよくないということが、石原の基本の姿勢にはあるんだよ」、「だから、石原という人間はキミのように、ものすごい荒っぽい陸軍軍人のように見ては間違いだよ」と、清張さんはいうんですね。

この意見は結局、平行線のまま。わたくしは断固として石原はやるつもりだったと思うんですが、清張さんはそうじゃなかったと。「引いてくれといって磯部の手を握って涙を流したのは、ほんとうに軍人としての石原の優しさなんだ」といい、わたくしは「そんなことあるもんですか」という。わたくしにはどう見ても、石原は国家総力戦のできる軍事国家をこのときつくりたかったのではないか、と思えてならないのです。

たしかに、政治介入はよくないと考えていたでしょうが、政治の上をゆく軍事国家建設が彼の狙いであった。反革命のチャンスと捉えていた。先にふれた磯部の『行動記』にある石原の言葉「軍備を充実すれば昭和維新になる」が、そのことを示しているのではないでしょうか。ところが海軍は陸軍と戦うことも辞さず、と強硬でした。石原もさすがに国内戦争はあかんと考えざるをえない。とくに陸海軍が戦うなんてあってはならない。結局、すべてのチャンスが消えてしまうと、やんぬるかなと、さっさと石原は辞表をだして、戒厳司令部から去っていきます。日付は三月一日。先のよく見える軍人だったのです。

このように大作『二・二六事件』から、石原莞爾だけを取りだしてみても、なかなかどうしてどうして奥の深いことが分かる。清張さんと鰻を食いながらやり合っただけではすまないほど問題がある。でも、その清張さん、いなくなっちゃいました。寂しいことです。悲しいことです。ほんとうに。

（「松本清張研究　第16号」／北九州市立松本清張記念館／2015年3月）

〈付記〉これは平成二十六年（二〇一四年）六月に開催された「松本清張研究会」の第三十回研究発表会の記念講演の速記録に、若干の手を入れたものです。考えてみると、わたくしはこれ以後すべての講演やシンポジウムなどを断っています。つまりこれは記念すべき最後の講演となるわけで、そんな意味づけもあるので、本書に掲載することにしました。

第4章

亡き人たちからの伝言

鷗外の軍事用語

●払暁と黎明の区別

寺子屋式の授業をまとめてもらった『昭和史』（平凡社）が好評で迎えられたお蔭で、物識りの隠居と思われてか、やたらに昭和史関係の質問を受けることが多くなった。先日も日本陸軍の『作戦要務令』について聞かれた。「ウム、これはな、昭和十三年（一九三八年）に制定されたもんで、陣中勤務および諸兵連合の戦闘についての基本事項が書かれておる。すなわち攻勢第一主義なんであるな」とお茶を濁《にご》して、あとはムニャムニャと誤魔化した。

これを契機に調べてみて、これが大正三年（一九一四年）『陣中要務令』と昭和四年（一九二九年）『戦闘綱要』とを昭和十三年に併せたものとわかった。が、ここで書きたいのはむしろ国語の問題。ともあれ、第二部第二篇「攻撃」の一部を引用してみるのが手っとり早い。

「夜暗ヲ利用シ敵ニ近接シテ攻撃準備ノ位置ニ就キ払暁ヨリ攻撃ヲ実行スルヲ有利トスルコト屢々《しばしば》ナリ」（第百二十五）

「払暁ヨリ攻撃ヲ実行スルニ方《あた》リ攻撃準備ノ位置ヲ敵前至近ノ距離ニ設ケ黎明ヲ利用シ突撃ヲ行フコトアリ」（第百二十六）

「払暁（黎明）ヨリ攻撃スル為攻撃準備ノ位置ヲ占領セントスルトキ……」（第百二十八）

あらためて丁寧に読んで、わたくしが思わず「ウム」と唸《うな》ったのは、ごくふつうに、ごく同じような意味でだれもが使っている言葉の「払暁」と「黎明」とが、『作戦要務令』では厳密に区別されて用いられているということ、かつ払暁を黎明よりも先行させている事実である。これはなかなかに興味深い。

払暁は、攻撃するを有利とすることはあるけれども、まだ夜が暗いのを利用して敵に近接し攻撃準備を完整させるほうがより有利と、準備のほうを優先させている。準備を充分に整え、そして黎明を期して突撃を敢行する。つまり、太陽の光を見てはじめて突撃であり、まだ明けやらぬ薄暗い払暁には、攻撃をはじめることはあっても、突撃はしないのである。つまり、夜襲ということをかならずしも推賞してはいないことが分かる。

詩歌や小説では、おそらくそれほど厳密に分けて使われているとは思えない。詩語としてはどちらもなかなかに美しい。しかし、軍事用語となると、どちらでもいいというわけにはいかない。実戦では言葉の意味をきびしく規定しておくことは必要かつ不可欠である。ましてや時季によって日の出の時刻が変わる。そこで、払暁と黎明と、その微妙な差をきちんとさせているところ、ハハーン、なるほどな、と大いに感じいった。

●酒保とは？

ところで、軍事用語から思い浮かぶのは陸軍軍医総監（中将）であった鷗外森林太郎。この人はさすがにプロらしくうまくこれを小説のなかで使っている。たとえば、軍とおよそ無縁な小説『雁』に、妙なところでそれが飛びだしてくる。その気になって読まないと分からないけれども、高利貸しの末造の商売の話で、池の端の住居の近所に事務所、龍泉寺町に出張所をつくった、というくだりである。

「根津で金のいるものは事務所に駈け附ける。吉原でいるものは出張所に駈け附ける。後には吉原の西の宮と云ふ引手茶屋と、末造の出張所とは気脈を通じてゐて、出張所で承知してゐれば、金がなくても遊ばれるやうになつてゐた。宛然たる遊蕩《ゆうとう》の兵站が編成せられてゐたのである」

これなんか、事務所は兵站監部、出張所は兵站司令部、引手茶屋は大隊行李《こうり》と、当時の陸軍の編成にそのまま置き換えることができそうなのである。鷗外その人もそれを意識して「遊蕩の兵站が編成」なんて説明しているのが、ほほえましくもある。

兵站という言葉から酒保《しゅほ》という軍事用語がなつかしく思いだされる。いまは死語となっているけれども、兵隊小説や映画ではかならずこの言葉は登場してきていた。連隊の兵営内で日用品や飲食物を売るところである。近ごろでいえば大学の生協というわけ。ところが、鷗外の書簡集を読んでいたら、妙なことに気づいた。明治三十八年（一九〇五年）の日露戦争で、出征先の満洲の広野から五月十五日付で、しげ子夫人宛に送った手紙のなかで、鷗外はこう記している。

「戦地に酒保になつて女が来るといふ話は全くうそだ。酒保はよくばりのおやぢばかりさ」

明らかに鷗外は、酒保を場所としてではなく、人物として使っている。早い話が、下に人の字をつけ、酒保人としたほうがわかりやすい書き方をしている。歴史探偵としては大いに胸躍る事件（?）に遭遇した思いで、それを調べてみたのであるが、この語は漢語からきている。諸橋轍次『大漢和辞典』にも第一義として、「さかやの雇人。酒家保」とあり、『史記』の一文を例にあげている。「窮困し、斉の賃傭され、酒人保となる」と。

またある本には、『水滸伝』にも、「酒保下り去る。ただちに酒を盪《あたた》めて上り来る。酒保いう、官人怒りをやめよと」とあると書かれているそうな。

これで見るとおり、酒保は場所でなく、人を指すのが第一義。転じて兵営内で兵士に飲食物を売る場所となった。さすがに森軍医総監どのは正しく使っている。

（初出不明）

わが子に贈る五通の手紙

●わが子といえども「他者」である

坂口安吾さんの最晩年の、絶筆ともいっていいエッセイに「人の子の親となりて」「砂をかむ」などがある。子供が生まれたことで「暗い気持になった」と安吾は書いて、「否応なく生きて働かなければならないのかということが甚《はなは》だ負担に思われて、ややステバチのような気持にもならざるを得なかった。／しかし、わが子が犬よりも可愛いと思うようになると、その不安も暗さも、だんだん薄れるようになった。別に、生きぬいて働く自信ができたわけではないが、なんとなくただ漫然と自信がついてきたのである。（中略）ただマットウに育ってくれと願うだけで、そして子供の生れたことを何かに感謝したいような気持が深くなるようである」（「人の子の親となりて」）

このように、「ウソのようにしか思えなかった」子供の誕生に大いなる喜びと、困惑と戸惑いと、その存在が否応なく自分の生活様式を崩していくであろう予感への脅えとが、安吾一流の率直な筆で記されている。安吾研究家の関井光男氏が書いている。

『『父』の目覚め（あるいは自我の拡張）には、〈子〉の人格を認めたがゆえの〈子〉の認知、お互いを〈他者〉として認め合った哀惜の情が根本的にあった』。「坂口安吾と〈子供〉とのあいだには、日本の家族構成の支柱たる甘えはおこらなかったのである」。

実際は、安吾さんはその後間もなく世を去ったために、成人した子と父との関係がどんな風になったものか、知ることはできなかったが、少なくともまだ生まれたばかりの子にたいする「甘え」のない、あくまでも「他者」として接しようとする父としての安吾さんのあり方は、もって「日本の父」たるもの全員の範とするに足る、毅然としたものがあると考えている。

と書けば、そうは仰《おっしゃ》るがそれは理想というものよ、親子の関係はそんな簡単にゆくものではない、という反論がすぐに多くの人からでることであろう。親と子である以上は、たがいに知らぬ他人顔して乙にすますわけにはいかないものであると。

まったく、そのとおり。たとえば古今東西に父と子の対立と葛藤とを描いた文学は山ほどもある。しかも、面白いことは、それらはほとんどが子の立場から描かれている。そこに登場する親父は頑固で分からず屋で無教養で、およそ子の苦悩に理解のない連中ばかり。

そんな社会的風潮が日本を支配してきているから、子供に理解の足らない親は旧式と落第視される傾向がある。とくに戦後はその傾向がいっそう強くなっている。

しかし、実のところは、グウタラ野郎らにいかに毛嫌いされたって、長く生きてきたおのれの体験を土台に、こっちの意地を通すのが親父たるものの使命なんである。戦後教育は人の生き方の美しさ、潔さを教えなくなった。それを示してやるのが親父なのである。グウタラ野郎がそっぽを向いたら、顎をひっ摑《つか》んでこっちを向かせて、またいって聞かせる。そのはかなき努力を死ぬまで続ける、つまりは「老いては子に従え」ということの逆をゆくのである。そりゃ従ったほうがはるかに楽なのであるが、逃避したくなる気持の弱りに断固背を向ける。安吾さんばりに、「甘え」のない、「他者」視に徹する気概をもつべきと、近ごろは考えている。

なぜならば、以下の手紙に見るように、われわれの爺さんたち、親父たち、すなわち明治日本人は、決してもの分かりなどよくはなかった。子にのうのうと従う人はいなかった。老いるほど、かれらは頑固でエゴイストになった。当然、父と子の格闘がある。精神的衝突がある。その葛藤が実は伜《せがれ》たちを鍛え、そうした戦いが結局は近代日本をたくましく若々しく建設するための原動力となっていた。

日本改革のためには、われらロートルたちよ、もっと頑固に徹せよ、なんである。

●何があろうと「帰国するに及ばず」

当時、山形にいた歌人の斎藤茂吉が、松本高等学校に在学中の次男宗吉（作家・北杜夫）にあてたすばらしい、いい手紙がある。すこぶる長文なので、その一部を抜粋する。

「拝啓　父も熟慮に熟慮を重ねひとにも訊ね問いなどして、この手紙を書くのであるが、結論をかけば、やはり宗吉は医学者になって貰いたい。これ迄のように一路真実にこの方向に進んで下さい。これは老父のお前にいうお願いだ。……今般、宮地教授から来書があってお前の成績を報じてくれたが、二十九人中十四番で、数学、物理が悪い。この程度では到底東大の医科には入れない。宗吉は優等の児で小学校も中学も優等生の部類であった。それが大切にも最も大切な高等学校に入って優等でないのはどういう理由であるか。これはバカになったためである。なまじっか目がさめ、それも真の目ざめでなく、よい気の高校生気質となったためである。このことについては父はくれぐれも注意したが、それに従わなかった。併しまだ手遅れではない。この手紙着次第真に目ざめよ昆虫など棄てよ。メスアカムラサキぐらいでいい気になるな。そして、一心不乱に勉強せよ。本来の優等児の面目を発揮せよ。高校は真の目ざめの場所でもあるぞ。今ごろ昆虫の採集で時間と勢力を使うというのは何というバカであろうか。メスアカムラサキでは宮地君も褒めて来たが、報告するぐらいはいいが、いい気になるな」

手紙は以下にこの三倍ほども書かれている。その長さだけ見ても、父として伜に正面から向き合おうとするエネルギーに驚嘆するほかはない。

そして茂吉は手紙をこう結んでいる。

「父の意見に対して、至急手紙にて返事よこせ。物理、数学、化学、ドイツ等の入学科目に全力尽せ。下宿に遊びに来る学生あらば、率直に撃退せよ。おだてられて、いわゆる高校気質に敗北するな。これは父の厳命だ。右、激して書いたから、許せよ。父より」

如何なものか。茂吉が真剣に本心を吐露《とろ》していることが、まことによく分かる。「この手紙着次第真に目ざめよ昆虫など棄てよ」とは。茂吉はこのときさっと顔を真っ赤にして、ウンウンいいながら書いていたにちがいない。

慶應義塾大学の創始者・福澤諭吉の、アメリカ留学に出発する二人の子供（一太郎二十歳、捨次郎十七歳）に与えた手紙がある。日付は明治十六年（一八八三年）六月十日。これもなかなかにいい（原文・旧カナ旧漢字）。

「一、執行中、日本に如何なる事変を生ずるも、此方より父母の命を得るまでは、帰国するに及ばず。父母の病気と聞くも、狼狽して帰る勿《なか》れ。（以下、二項目略）

一、両人共、学問の上達は第二の事として、苟《いやしく》も身体の健康を傷《そこな》う可《べか》らず。故に就学の期を長くして、例えば三年のものを五年にするも苦しからざる事。東西の人、其体力、天賦の強弱あり。深く慎しむ可きものなり。

一、一太郎は酒量深きに非《あら》ずして寧《むし》ろ酔うに易きものと云う可し。畢竟《ひっきょう》、気力の弱きよりして自から制する能《あた》わざる者なれども、幸にして生来尚《なお》未だ飲酒の習慣を成さず、今にして之を禁ずるは甚《はなは》だ容易なる可ければ、断然酒を飲む勿れ。三十前後血気定まりたる後は如何様にも勝手なれども、学問執行中に酒に酔うなどの事ありては、人に軽蔑せられて、本人の不幸は無論、父母も為に心を痛ましむること少なからず。呉々も慎む可きものなり。此一事は父母より厳に命ずるに非ず、或《あるい》は父母の懇願とも可申け条なれば、能々《よくよく》合点可致也。

右の条々書記して送別するもの也」

諭吉は子煩悩であったといわれている。それがよく分かる諭しであるけれども、いうべきことはきちんといっている。

何があろうと「帰国するに及ばず」、学問をするからには極限までやれ、ただし、それも健康あってのこと、身体には充分に気をつけよ、諭吉のいっているのはこの二つだけである。飲酒の戒めもいわばその延長線上にあることで、しかも明らかに自分の青春時代の反省が裏にこめられている。

●「人生は戦いである」

哲学者・西田幾多郎の次男外彦に宛てた手紙のごく一部分も引用しておこう。大正十一年（一九二二年）八月十五日付のもの。

「……一家の経済も今ようやく印税がはいるので支えているのである。家のこともそうのんきに考えてはならぬ。生活ということを親のいる間はこれに依頼して呑気に考えているが、さて自分が一人立ちで人生の戦いにはいったとき、そう安っぽくたやすく考えてよいものではない。そういう軽薄な考えをするのは無経験者の夢にすぎない。自分らの長い生活はじつは涙と血にみちた悪戦苦闘の歴史である。なんでも自分の気ままのできる軽い甘い心持をしておれるものは幸のようであるが、またこれほど将来に不幸の人はない。まだ学生のうちから髪や顔をつくるような心持ではいかぬ。大きい深い人にならねばならぬ。ゲーテの詩に『涙をもってパンを食うたことのないものは、汝、運命の神を知らず』という語があるように人生はとかく厳粛な問題が目前に迫らぬと意志が薄弱となり精神の緊縮を欠くようになる」

親父というよりも、ここには人生の師がいる。だれの目にも栄光にみちたと思われている生涯が、「涙と血にみちた悪戦苦闘の歴史」であったと、きちんと語ることによって、この諭しは説得力をもっている。

子供にたいする親父の果たすべき役割が、つまり師としてのそれがこの手紙にはある。

同じように「人生は戦い」と明言した手紙が別にある。作家・芥川龍之介のそれで、しかも昭和二年（一九二七年）七月二十四日、遺書何通かを残して自殺したときの、その遺書のなかの一通である。宛先は長男の比呂志七歳、次男の多加志四歳、三男の也寸志二歳の三人の息子へ。「わが子等に」としてつぎの八項目が記されていた(原文・旧カナ旧漢字)。
「一、人生は死に至る戦いなることを忘るべからず。
二、従って汝等の力を恃《たの》むことを〔忘る〕勿れ。汝等の力を養うを旨とせよ。
三、小穴隆一を父と思え。従って小穴の教訓に従うべし。
四、若《も》しこの人生の戦いに破れし時には汝等の父の如く自殺せよ。但し汝等の父の如く、他に不幸を及ぼすを避けよ。
五、茫々たる天命は知り難しと雖《いえど》も、努めて汝等の家族を恃まず、汝等の欲望を抛棄せよ。是反《これかえ》って汝等をして後年汝等を平和ならしむる途なり。
六、汝等の母を憐憫せよ。然《しか》れどもその憐憫の為に汝等の意志を枉《ま》ぐべからず。是亦却《よた》って汝等をして後年汝らの母を幸福ならしむべし。
七、汝等は皆汝等の父の如く神経質なるを免れざるべし。殊にその事実に注意せよ。
八、汝等の父は汝等を愛す。(若し汝等を愛せざらん乎、或は汝等を棄てて顧みざるべし。汝等を棄てて顧みざる能わば、生路も亦なきにしもあらず)」
なんともはや、頑是ない子供たちに、あまりにもきつい言葉を残しているものよ。人生は死に至る戦いであり、「戦いに破れたならば自殺せよ」、とは。

それが仮に真実であったとしても、これから長い人生をはじめようとする子供たちに残す言葉ではない。しかし、あえてそういわなければならないところに、裏返せば子供たちへのかれの愛情の証があったといえる。人生の敗北者としての親父の真実がそこに籠《こ》められていた。

●父が子供に贈る最後の言葉

以上に挙げた四通の手紙は、近ごろのように、細かいところにまで気を配り、神経質すぎるほど子供の教育やらに熱心な親たちとくらべると、ドカンと根本的なことをいうだけで、そっけなさすぎるかもしれない。かゆいところにまで手を届かせて、申し分のない教育をしてやろうと考えている親たちには、ぜんぜん参考にもならないことであろう。でも、これで充分なのであると思っている。美しい花を咲かせることにばかり気を揉《も》んでいると、肝心の花の根元をしっかりさせることに手抜かりとなる。根本ができていないと、せっかくの面倒見も結果的にはなにやらか弱い徒花《あだばな》を咲かせるだけになりかねない。

親父たるものは、子供たちがどう成長していこうと黙って見ているほかはない。自分の思う形に育たなくてもそれが当然と思うべきで、そこをなんとかしようなどと思うのは親のエゴイズムと観念すべきなのである。その意味で親たるは悲しい存在なのである。そういえば、福澤諭吉の『福翁自伝』のなかにいい文句があった。

「親子の間は愛情一偏でなにほど年を取っても互いに理窟らしい議論は無用の沙汰である」

然り、ゴチャゴチャとうるさくいう必要はないのである。

最後にもう一通、最高にすばらしい親父の手紙を。

「君の出征に臨んで言って置く。

吾々両親は、完全に君に満足し、君をわが子とすることを何よりの誇りとしている。僕は若し生れ替って妻を択《えら》べといわれたら、幾度でも君のお母様を択ぶ。同様に、若しもわが子を択ぶということが出来るものなら、吾々二人は必ず君を択ぶ。人の子として両親にこう言わせるより以上の孝行はない。君はなお父母に孝養を尽したいと思っているかも知れないが、吾々夫婦は、今日までの二十四年の間に、凡《およ》そ人の親として享《う》け得る限りの幸福は既に享けた。親に対し、妹に対し、なお仕残したことがあると思ってはならぬ。今日特にこのことを君に言って置く」

全文ではないが、有名な手紙なので、読んだことのある人は多いことであろう。慶應義塾大学の塾長をつとめた経済学者・小泉信三の、息子が出征するに際して「心残りなく勤務させたい」と思ってしたためたもの。「吾々二人は必ず君を択ぶ」——親父が子供にいってやりたい最後の言葉がここにある。この一言をいうべく親父はどっしり落ち着いていればいいのかもしれない。


（「プレジデント」2001年9月3日号）

犠牲になった人々は浮かばれない

●「このまま続けなさいよ」

伊藤正徳さんの『連合艦隊の最後』は昭和三十一年（一九五六年）三月末に初版（文藝春秋新社刊、現在は光人社ＮＦ文庫）が店頭にならんだ。伊藤さんはこの本の「序」にこう書いている。

「連合艦隊はお葬式を出していない。一個人の死が新聞の記事になり、本願寺や青山斎場の行列を見ることを思えば、四百十隻が沈み、二万六千機が墜《お》ち、四十万九千人が斃《たお》れた『連合艦隊の死』を、お葬式なしに忘れ去るというのは、余りにも健忘であり且《か》つ不公平でもあろう」

伊藤さんが第一回を「時事新報」紙上に発表したのは、昭和三十年の八月十日。いまから想えば不思議としかいいようがないが、あのころはまだ悲惨な敗北で終わった太平洋戦争に関することはすべて悪、「何をいまさら、連合艦隊だ」という声のみの高いときであった。

当時その序文を読んで大そう感動したものであった。そうなんだ、そうしなければ犠牲になった人々は浮かばれないと思った。と紹介することで、伊藤さんのこの本のいちばん肝腎な、語らねばならない勘所はつきている。

実は、わたくしは伊藤さんのただひとりの門下生を自任している。社会へ第一歩を踏みだしたとき、伊藤さんの担当編集者となったのが縁で、それから十年近くその教えを受けるという思いもかけぬ幸運を得た。『連合艦隊の最後』に続いて『大海軍を想う』『軍閥興亡史』『帝国陸軍の最後』、そして『連合艦隊の栄光』と、数多い伊藤さんの著書をつくりながらさまざまなことを氏から学んだ。

伊藤さんの添え書きを手に、将軍や提督に面談する多くの機会を得た。もう何十年も前で、すべての人が幽明相隔てるところに旅立たれている。嶋田繁太郎、小沢治三郎、栗田健男、草鹿龍之介、今村均、牟田口廉也……これらの人へのわたくしの取材レポートが、伊藤さんの本のここかしこに見つかりいま嬉しく読んでいる。

そして何を隠そう、いちばん最初に世にでたわたくしの著作は、『人物太平洋戦争』という文藝春秋新社発行の戦記なのである。昭和三十六年十二月一日初版と奥付にある。といっても、伊藤正徳監修・週刊文春編集部編とあって、著者としてわたくしの名はどこにもない。ただ「まえがき」のようにして伊藤さんが書いている「監修者の私記」に、わたくしの名前が記されている。その部分だけを引くと、

「週刊文春の担当記者半藤一利君が、その企画を懐ろにして、私に監修を頼みに来たのは、昨年〔註・昭和三十五年〕十二月のことであった、私は即座に賛成した。それは、私が著作の中で果し得なかった欠陥を補うものであるし、また太平洋戦争の裏面を国民に知らせるための好個の企てであると信じたからだ」

この戦記は、こんな風にして伊藤さんの指導を仰ぎつつ、まだ生きていた多くの関係者に取材をし、週刊誌に連載したものをまとめたものであった。伊藤さんの本のお手伝いのため猛勉強しなければならなかった上に、この連載の取材でわたくしは否応もなく昭和史と太平洋戦争にくわしくなっていった。とどのつまりは編集者という仕事が、やがては物書きになる素地をごく自然につくっていってくれたことになる。

その伊藤さんが喉頭ガンから病状が悪化し筆をもつこともできなくなったころ、『人物太平洋戦争』の本ができあがった。これをもって病床の伊藤さんに報告をかねてお礼に伺ったとき、すっかり痩せ細られた顔をいっぱいに微笑まれ、諭すようにこういわれた。

「いい本ができたね。半藤君、でも、勉強はこのまま続けなさいよ。歴史というものは学べば学ぶほど深くなる。そしてきっと役に立つときがくる。この国のためにも、子孫のためにも、途中で放り投げたりしないようにね」

わたくしは、それでコケの一念で今日まで勉強を続けてきたのである。

●みずからに課した戦争責任

そうしたいわば師弟の関係から、『連合艦隊の最後』をなぜ伊藤さんが書いたのか、ということについての仮説をもっている。

伊藤さんは昭和二十九年十一月十八日に恒子夫人を喪《うしな》っている。その悲しみは深く『恒子の思ひ出』という一書を綴《つづ》り、亡き人に捧げた。この本を一言でいえば、

「死の翌十九日の朝であった。その日私は遅く起きて一人で膳に向った。箸箱を明けると、きのうまで二人の箸を入れてあり、それを開けて配分するのは私の担当になっていたその箱に、最早や私の一人分しか入って居なかった。恒子の分は仏前に去っていた。私は感情の腑を刺された」

と、美しい文章で閉じられる愛の書、なのである。

そしてそのとき、伊藤さんは思った（に違いない）。このまま退いて墓守りとなっては、心中の一種にしかならない。それでは妻が喜ぶまい。その霊を慰めるためには、己を取り戻すことだ。どうせなら困難きわまる大仕事がいい、何か？　世の風潮に果敢に挑戦し、個人で日本の戦史を書き上げることだ――、と。

こうして伊藤さんは、新聞人としてみずからに課した戦争責任ゆえ、敗戦いらい十年近く折っていたペンを、またとった。『連合艦隊の最後』は夫人を喪ったその翌年夏に書きはじめら

れている。

「幾百万の民族の犠牲心は、時代がどう変わろうと、不滅の尊い記録として、とこしえに民族史の上に染められるべきものなんだ」

「新聞人として僕はね、とり返しのつかないようなミスを犯している。昭和八年の国際連盟から日本が脱退したときなんだがね。新聞はほとんどすべてが〝断乎脱退すべし〟という論陣を張って世論を煽っているなかで、時事新報の主筆であった僕はたった一人、脱退しては日本の立場、日本の考えていることを世界に知って貰うことはできない、連盟にとどまれと社説でいい続けたんだが……その僕がね、政府が脱退と方針を決定したときに〝決《き》ま〟った以上は筆戦を中止する〟とペンを擱《お》いてしまったんだよ。これは新聞人として僕の万死に値する痛恨事でね。いいかね、半藤君、自分の正しいと信ずる道は何があっても変えちゃいかんよ。沈黙は決して金ではない」

「二度も妻に先立たれたぼくは孤独に生まれついているのかもしれない。そういう運命なのだろう。だが、海軍とぼくのつき合いは五十年。あるいは、ぼくの最愛の妻は、海軍なんだろうな」

そんな風に、伊藤さんが折にふれて語った言葉がいくつも思いだせる。

（「文藝春秋」2004年9月特別号）

志賀直哉の愛した奈良

●古都を愛した九年間

もう三十年以上ほども前の話になる。十二神将像のユーモラスな荒々しさが好きで、新薬師寺へはちょくちょくでかけていった。ゆったりとした気持で東大寺を拝し、春日大社に詣《もう》で、ゆるやかな登りになっている飛火野《とびひの》の「ささやきの小径」を歩くのはすこぶる気分のいいものであった。

この新薬師寺に通じる高畑の道は、わずか五百メートルの短い距離である。でも、家々は少しく古び、時に崩れた築地《ついじ》があったりで、静かでのんびりとし、大そう気に入ったことを覚えている。とくに不空院の門前から新薬師寺の東門を望むあたりは、いかにも古都らしいさびた風景がひろがって、すこぶるよかった。日本中が開発につぐ開発で、はたしていまはどうなっていることか。

ここ高畑に志賀直哉が昭和四年（一九二九年）四月に家を新築して、同じ奈良の幸町から移り住んだ。昭和十三年四月に東京に居を移すまで、九年間もここにいたことになる。直哉四十六歳から五十五歳までの間である。

それにつけても、いまどきの文学者はなぜこういう美しくのどかなところに住まないのであろうか。日本文学がどんどん雑駁《ざっぱく》になるのはそのせいであろう。と思うそばから、志賀直哉の年譜を見たら、「昭和四年からほぼ五年の間、創作が中絶する」とある。そんな馬鹿な！

これには鼻白む想いをたっぷり味わされた。なるほど、そも小説というものは、曖昧模糊《あいまいもこ》にして混沌未分《こんとんみぶん》の怪しげな境から生みだされるものなのかもしれない。

いやいや、年譜には続きがある。昭和十二年（一九三七年）の四月に「約九年にわたって休筆していた『暗夜行路』後編の最終部分を、一挙に『改造』に発表した」とあるではないか。これあるかな。五年もの休筆はもうそれゆえのもの。未完であった大作を完成させるために、古都ののびやかで、静謐《せいひつ》なたたずまいや美しく典雅な自然がどのくらい役立ったことか。

そしてまた、門には「仕事中面会謝絶」の貼り紙がありながら、直哉を慕ってなんと多くの文学者が志賀家を訪れたことか。なかには武者小路実篤、瀧井孝作、小林秀雄、尾崎一雄、網野菊のように、近くに移り住んだ人もいる。大袈裟にいえば、このあたりは一時期の日本近代文学のメッカともいえた。瀧井孝作が、奈良住まいの功徳は何かについて、こう書いている。「漫然としてゐるが、伝統歴史精神と答へる他ない。渾朴敦厚《こんぼくとんこう》の精神。また一と口に云ふと

『自然は昔も今も変りがない』この悠久が分つた。そして作家としては、書くものは、曲げずに歪めずに自然に倣《なら》へばいいとハッキリ思ふやうになつた」（『文学的自叙伝』）

ごく最近耳にした話によれば、この志賀直哉の旧居はいまもなお門構えも堂々と残っているという。付近に鹿が遊び、狸も昔ながらに出没するそうな。そう聞けば旅ごころがしきりに湧いてくるというものである。

●「名画残欠」の美しさ

だれの言葉か、何で読んだか忘れたが、「京都はロマンティックだが、奈良はクラシック」であるとか。奈良のよさはカラッとしているところにある。いいかえれば、歴史から離れているよさ。京都ではその歴史の各時代のこまごまの遺跡を訪ねると、なにやらベトベトといまにつながっているの感がある。ところが、奈良時代というのは神話的といったほうがいいような、いまと隔絶しているところがある。それがまことにさっぱりとして心地よい。

そこで志賀直哉である。青丹《あおに》よし奈良の都のたたずまいは、「名画の残欠《ざんけつ》が美しいやうに美しい」と直哉はつねづねいっていたそうな。旅にでても、また東京に移ってからも、すぐに奈良へ帰りたくなったともいう。

それだけに散歩の杖を遠くまでのばし、奈良のよさを自分なりに見つけていたようである。

「鹿野苑《ろくやおん》から白毫寺《びゃくごうじ》の方を散歩。気持よく疲れた。帰つて直ぐ公園の鶴の茶屋まで行きわらびもちを食つてかへる」（昭和六年三月六日の日記）

『青春』といふのは人間に使ふ言葉だが、其意味で使つてぴつたりするやうな色気が風物に感じられる。春の朝、その辺に不思議な艶つぽさがあり、恰度《ちょうど》十七八の娘を見る時のやうな感じをうける事がある」

とエッセイ「春」に書いている。

あるいはまた、若い人々にテントを張るにはどこがいいかを親切に教えたりしている。「それは頭塔《ずとう》の森だ。山のぐるりに非常にいい石仏がある」と。

法隆寺の夢殿の救世観音《ぐぜかんのん》についての感想もある。

「その作者といふやうなものは全く浮んで来ない。それは作者といふものからそれが完全に遊離した存在となつてゐるからで、これは又格別な事である。文芸の上で若し私にそんな仕事でも出来ることがあつたら、私は勿論《もちろん》それに自分の名などを冠せようとは思はないだらう」

直哉らしいキッパリした姿勢がいい。その他いろいろ、書いていくとキリがなくなる。

●奈良での生活から得たもの

『暗夜行路』第四（十六）に、妻の直子にだした謙作の手紙がある。その一節をちょっと長く引用する。

「雨さへ降らねば、よく近くの山や森や河原などへ散歩に出かける。私は此山に来て小鳥や虫や木や草や水や石や、色々なものを観てゐる。一人で叮嚀《ていねい》に見ると、これまでそれ等に就いて気がつかず、考へなかつた事まで考へる。そして今までなかつた世界が自分に展《ひら》けた喜びを感じてゐる。お前に話したかどうか忘れたが、数年来自分にこびりついてゐた、想ひ上つた考が、かういふ事で気持よく溶け始めた感がある。尾道に一人ゐた頃さういふ考で独り無闇に苛々したが、今は丁度その反対だ。此気分本統に自分のものになれば、自分ももう他人に対し、自分に対し危険人物ではないといふ自信が持てる」

この謙作の、自然と溶け合ったような、優しさにみちた気持は、つまりは作者の高畑での悠々たる日々から得たものであったであろう。もはや何事にも右往左往することなくすっくりと自分で立つ、静かにみなぎる気力といったもの。それこそが奈良での生活から得たものといえる。

と書いてはみたものの、さてさて、そのころの直哉の日記を読むと、かなりびっくりさせられる。たとえば昭和六年（一九三一年）一月なんか、十三日、十五日、十六日、十七日、十九日、二十二日と連日で、二十六日には、

「午后若山、小野来る、二階にて麻雀。池田小菊氏を呼び四人にてやる。／夜十二時頃池田氏

かへり、あと翌朝まで三人にて続ける。疲労甚《はなはだ》し」

と、かなりへバッタようで、翌二十七日は、

「疲労甚しく、ソーファーにて三時間眠る、終日不快、麻雀よろしからず」

と反省しきりである。なのに、三十日には、「夜小野邸にて後藤、石原、若山と自分と五人にて麻雀をする」ともうはじめている。よっぽど懲《こ》りない性分とみえる。

どうやら奈良に行ってから直哉は麻雀を覚えたものらしい。面白いと思ったら熱中するほうで、ほかにも将棋や花札、謡《うたい》の稽古と、とにかく忙しい。「奈良では毎日皆賑やかに遊んだ」と瀧井が回想している。

ところでその戦いぶりである。ヘタくそのくせに闘志満々、一種気迫にみちた打ち方をした。危険牌《パイ》を捨てるとき「エイッ」とか「エイ、どうだッ」とか大声で気合をかける。夜ともなれば沈々たる静寂につつまれるこのあたり、〝小説の神様〟の家から、「エイッ」「ヤッ」「クソッ」の大声が飛び交うとは。

将棋のほうは、麻雀とは違って、直哉の腕前はかなりのものであった。ただし、弱いものいじめの、かなりえげつない将棋であったらしい。ヘボの尾崎一雄はしょっちゅう痛めつけられたとみえ、恨み骨髄の気持ちを会話体の妙を駆使して書いている（「志賀さんの将棋」「文藝春秋」昭和七年十一月号）。

『もういけません』

『だつて、そつちへ逃げたらどうだ。まだ息はある』

『息はあつたつて――つみですよ。そんなに』

『角打ちの王手で――手は？　金銀桂の歩沢山か。合《あい》が効くと、尻から銀打ちと行けるね。面白いな、どこへ持つてつて詰めてやらうかね』――虐殺である」

これはもう尾崎さんの無念さに同情せざるをえない。

そんなに遊び呆けた生活ぶりでは、大作の完成に「役立った」と先ほど書いたが、それはとんだ誤解であったと前言訂正せずばなるまいか。


（「ひととき」2005年10月号）

〈付記〉わたくしは志賀直哉氏とはその風貌にごく間近かに接したことは両三度あるが、ほんの僅かな会話すら交わしたことはない。その人となりは、文は人なりという箴言《しんげん》を信ずれば、志賀氏のいくつかの作品を読んでわたくしなりに察するのみである。それなのに、依頼に応じてこの一文を書いたのは、文中にあるとおり高畑の道を何度か歩いて、その静かな、大和の国ぶりに惚《ほ》れこんでいたからというほかはない。でもいまは書いておいてよかったと思っている。

『吉井源氏』に学ぶ女性学

●吉井勇の歌集に慰められて

歌人吉井勇氏は昭和三十五年（一九六〇年）にこの世を去った。それより七年も前にわたくしは雑誌編集者になっていたのであるから、謦咳《けいがい》に接する機会をつくろうと思えばつくれたであろうに、ついにひと目たりともお会いすることがないままに永遠にそれもかなわなくなった。編集者生活を四十年余もやったわたくしが、いまも心残りにしていることのひとつである。

もうはるか昔の話になる。河出書房の市民文庫の歌集『東京紅燈集』を、はじめて手にした昭和二十六年（一九五一年）の夏のころのことである。わたくしは大学のボートの選手として隅田川畔の向島の三業地に近い艇庫で練習に明け暮れていた。そしてあるきっかけがあって、ひとりの向島藝妓と知り合い青春の血を燃やすことになる。戦後の貧乏学生の悶々たる心が、この吉井氏の新橋や浅草の藝妓讃美の歌集にどのくらい慰められたことか。

・うつくしささびしさ花にたとふれば
　お栄は秋の朝顔の花
・簪《かんざし》の重《おもた》さにさへ堪《た》へがたき
　風情に百合香何をおもふや
・粉黛《ふんたい》の假《かり》のすがたと知りながら
　この夜花子のうつくしきこと

この「お栄」や「百合香」や「花子」を、わが胸を焦がす女《ひと》の藝妓名にかえて高唱しつつ、わたくしは隅田川の水の流れを眺めながら堤をなんど行ったりきたりしたことか。

文庫『東京紅燈集』の解説で、詩人の佐藤春夫が書いている。

「〔この作家は〕口を開いて云うところが悉《ことごと》く自《おのずか》らな歌になったかの概がある。例えばその用語彙《ようごい》である。萬葉の語あり唐詩のものあり、江戸人情本から来たかの如きがあり、明治の飜訳文学に出たものがある。古今、東西、時と処とを異にしたものが蕪雑《ぶざつ》放漫の弊を免れ得たばかりか、為《た》めに各《おのおの》の語がみな斬新、奇異な色彩と香気とを帯びて交互にゆたかな新生命を生じた……」

長すぎる引用となったが、『東京紅燈集』のすばらしさ、吉井短歌の味わい深さが余すところなく述べられている。落花に春の鳥が歌うがごとく、薫風に青葉若葉が香るがごとく、皓々《こうこう》たる月の光に秋の虫が吟ずるがごとく、寒風に凜として馬のいななくがごとく、歌人吉井勇は大らかにこまやかに優しく歌う歌人なのである。

しかも『東京紅燈集』で氏に歌いあげられている藝妓衆の数の多いこと多いこと、濹東の遊《ゆう》子《し》を気どるをのこもただ恐れ入りましたと脱帽し、さらに低頭するほかはない。そしてあとで「チェッ!」とひそかに舌を打ったりしている。

たとえば新橋では、音丸、栄龍、小夜子、君太郎、和千代、春江、小奴、里千代、秀丸、音千代。柳橋では恋香、〆奴、末子、新駒、文丸、百合香。さながら『源氏物語』に登場する姫君たちのごとし。こっちはたったひとりなのに、と口惜しいから以下は略すが、芳町、浅草、日本橋、下谷、赤坂の女たち……。ただし、向島はない。ならば、とわれも愚歌を詠ぜんか。

・すてばちの心となりぬ隅田川
　水の流れを君とながめて
・ふたつ三《み》つ星の出でたる雨あがり
　隅田川辺をゆくは誰《た》が子ぞ

いやはや、『吉井勇訳　源氏物語』をはなれて、とんだ話にうつつを抜かしたことになるであろうか。お詫びしつつ、不粋な歴史探偵らしからぬこの艶美な物語の紹介をなんでひきうけたのか、その所以《ゆえん》をとりあえずご承認いただきたいものと思うのである。

●「花を折る」とは？

それにわたくしは文学部国文科の出身で、在学中には池田亀鑑《きかん》先生の『源氏物語』の講義をたっぷりうけた。卒業論文は『堤中納言物語』という平安朝末期あるいは鎌倉時代の初めごろに書かれた古典。まんざら王朝文学に無縁のものというわけでもないし……。といいながら、ごくごく最近までこの短篇小説集のトップをかざる「花櫻折る少将」の、その題名のよってきたる意味が分からないでいたのであるから世話はない。

たしかに、この短篇小説集のほかの九篇は内容にぴったりのタイトルがつけられている。が、この一篇だけは、貴公子が桜の枝を折ったというような話もなく、内容とはまったく関係がない、ように思える。いったいこの表題はどういう意味をもつものなのか、長いこと不思議でならなかった。

ところが先ごろ、何十年来の疑問がいっぺんに氷解した。『太平記』巻三の「主上笠置を御没落の事」に、

「供奉《ぐぶ》の諸卿、花を折つて行妝《ぎょうそう》を引きつくろひ、随兵の武士、甲冑を帯して非常を警《いま》しむ」とあれば、『源平盛衰記』巻四十四の「平家虜都入」のところにも、

「公卿も殿上人も今日を晴と花を折りてきらめき遣り列《つら》ねてこそありしか」

と書かれているではないか。

いや、そんな史書ばかりではない。肝腎の『源氏物語』にも「東屋《あずまや》」の巻で、匂宮が二条院にやって来たときの様子を述べて、紫式部はこう描写している。

「いと清らかに、櫻を折りたる様し給ひて……」

ナヌ、ナヌ、と思わず絶句した。ではじめたら古典にぞくぞくでてきて、ほんとうに恐れ入ったのである。「桜を折る」も「花を折る」もすこぶる美しい、カッコいいことの意味で使われている言葉と分かる。「花櫻折る少将」とは、つまりイケメンの少将ということならん。

それを「東屋」の巻で吉井氏はすっきりと分かりやすく訳している。

「宮をいくら見ても飽き足らないほどお美しい……」

いかがなものか。氏はちゃんと分かっていた。

わたくしは『源氏物語』をはじめて原文で読んだとき、ごくごく人なみに、噂にたがわぬ難解な文章だなと、かなりの閉口感をぬぐえなかった。しかし、少々我慢して読みすすめているうちに、紫式部という作家はどうしてどうしてリズム感のある名文家だわい、と思うようにな

った。それほど中味は大した話でもないのに、紫式部の手にかかる流麗な文章に酔わされて、人の心の微妙な奥深さに打たれてしまう。そんな経験をしばしばした。

たとえば「末摘花《すえつむはな》」の最初のところ――。

「思へどもなほ飽かざりし夕顔の露におくれしほどのここちを、年月経れどおぼし忘れず、ここもかしこもうちとけぬ限りの、けしきばみ心深きかたの御いどましさに、け近くうちとけたりしもあはれに似るものなう、恋しく思ほえたまふ」

光源氏が、夕顔の君を失った悲しみの深さを語っているところである。「歳月がたっても忘れることができないでいる。まわりにいる女たちは気位高く身構えている連中ばかり。夕顔のような心をひらいて素直でやさしい女性のことが、光源氏は恋しくて恋しくてならなかった」というそれだけのことなのであるが、くり返し文の美しさに魅せられて読んでいるうちに、ついつい こっちもまわりを見回しながら、源氏と同じような気持になってくる。まったく二十一世紀にはツンツンと偉《え》らぶるばかりでロクな女がいないなと。

これが吉井勇訳となると、

「源氏の君は夕顔のことがいつまで経っても忘れられなかった。葵《あおい》の上でも六条の御息所でも、何となく打ち解けないで奥底のあるのがもの足りない。どうかしてもう一度夕顔のような女に逢いたいと、なお懲りずに女の噂に耳を傾けているけれども、さてこれはと思う女もなかった」

まことに具体的に、心になにやら嫌味なものをもっている女性の名を示して、読者の理解を深めてくれる。氏の女にたいする趣味、つまり世に女の数は多けれど、なかにはまことに好かん女がいる、という本音をそのままにだしている。ついでに女のとかくの噂に耳を傾ける光源氏に托して、男なるものの性根のどうしようもないところをだしている。

●空蟬を好む人好まない人

もうひとつ、空蟬《うつせみ》の巻にもふれたい。その前に、余談になるが『源氏物語』のはじめ「桐壺」の巻に続く、「帚木《ははきぎ》」「空蟬」「夕顔」の三巻は、首尾一貫した構成のもとに若き日の光源氏の内証事を語る、いわば短篇小説的な巻々とされている。それでわたくしは好んでちょくちょく読んでいる。読者もそのつもりで楽しまれたいと思う。

そして空蟬を少しばかりわたくしは贔屓《ひいき》にしている。美男子で金持ちで位もとびきり高い男の愛をいっぺんは許さざるをえなかったが、以後はピシャと断るなんて、そんな女性がいまの世にいたらお目にかかりたい。ゆきずりの手なぐさみ、本気であるはずはないと思うから、どんなに手練手管《てれんてくだ》を使われようとも、彼女は自分からは折れないのである。そこがえもいわれずいい。そして源氏には自分の脱《ぬ》けがら（薄衣）だけをつかませてするりと逃げてしまう。まさに蟬の脱けがら、空蟬なのである。

その空蟬を作家の円地文子氏は紫式部その人だと、わたくしに語ったことがある。なるほど、現実的に時の大権力者の藤原道長をそっけなくふったときのことを、紫式部は上手に物語に書いているのであるな、とそのときに思った。円地氏は、空蟬を美人ではないと書きながら、人間としての内面美のあることを強調しているでしょう、あれはそれとない自分讃《ぼ》めなのよ、とも語っていたが。

では、その原文は。

「濃き綾の単 襲《ひとえがさね》なめり、何にかあらむ上に着て、頭《かしら》つきほそやかに、ちひさき人の、ものげなき姿ぞしたる。顔などは、さし向かひたらむ人などにも、わざと見ゆまじうもてなしたり。手つき瘦せ瘦せにて、いたうひき隠したためり」

「濃き綾の単襲なめり」の「濃き」は紫色のことで、当時は、たんに濃き薄きといえば、紫が省略されているということ。で、高貴な色の濃い紫の単衣《ひとえ》で、その上に何か着て、かしらつきはほっそりとして、小柄の女性。「ものげなき姿」とはどうやら「見映えのしない姿」ということであるらしい。顔など人にできるだけ見えないようにして、瘦せて骨ばった手つき。というのであるから、なるほど、さしたる容貌とは思えない。

それが吉井勇訳となると、

「濃紫《こむらさき》の綾の単衣を重ねているが、表《うえ》の着物は何だかよく見えずに、隠すようにしている手のいたいたしいほど痩せているのが目立った」

と、ただそれだけでそっけないことおびただしい。どうやら女性にかんしては他の追随を許さぬほどの通人には、せっかくの男ごころを無にする空蝉はあまりによろしくない女性ということでもあったのか。残念である。

与えられた紙数がなくなったので要らざる講釈はこれでやめるが、ともかく日本文学でも有数の大長篇である『源氏物語』五十四帖のすべてが、たったの二八〇ページの一冊で読めるのであるから、事実、仰天するほかはない。しかも訳した人が女を歌っては天下一品の粋人。そして艶冶《えんや》にして華麗な文章を書ける人。かつ女性学の大家らしく多情多恨の筆致。ありがたい話である。

（「月刊百科」２０１１年６月号）

〈付記〉本文にも記したとおり、吉井勇氏の姿をわたくしは遠くからでも見たことはない。機会は何回かあったであろうが、すべてそれを逸したことをかなり不運と思っている。それでだいたいが堅いテーマのものがならんでいる本書に、一篇だけ妙なものが顔をだしている感がなきにしもあらず、ではあるが、歴史探偵一筋できているわたくしにもこんな柔らかい一面があることを証するためにもよろしいかと考えて、加えることにした。

玩亭センセイの藝の力

●美的な論理構築の面白さ

のっけから妙なことを書く。わたくしは丸谷才一さんが喜寿を迎えたとき、ごく簡単な祝宴で挨拶をさせられた。このとき丸谷さんを見習ってあらかじめ話すことを原稿用紙に書いて、それを読むような読まざるような形でお祝いの言葉を述べた。それが手もとに残っているので、あらためてここに書き写すことにする。つまりわたくしの丸谷才一論である。

《いまを去ること七年前、古稀になられた丸谷さんから我々は大料亭に招かれ大そう御馳走になりました。こんど丸谷さんの喜寿をお祝いしてそのお返しをさせて戴こうという趣旨でありますが、そも喜寿とは何のことでありましょうか。

古稀はわかるんです。杜甫の詩に由来をもちます。「朝《ちょう》より回りて日々春衣を典じ／毎日江頭酔を尽くして帰る／酒債尋常行く処あり／人生七十古来稀《まれ》なり」これであります。何でもかんでも質に入れ、大いに酔っぱらって、あっちを向いてもこっちを向いても酒代の借金ばかり。これが尋常の日常になってしまった。しかし、わしも七十まで生きることはできんのじゃ、わしが余生の楽しみを許し給え。

たいして喜寿は、喜の草書は七十七と読むことができる。そこからきた賀の祝い、ということぐらいはわたくしにもわかる。が、それ以上のことはわからない。そこで『大言海』を引いてみると、その長寿ならんことを祝って、もともとあった四十、五十、六十、七十、八十、九十、百の賀に加えて、「足利時代の末より、六十一歳（本卦《ほんけ》帰《がえり》・還暦）、七十七（喜寿）、八十八（米寿）なども起これり」とあるだけでありました。やっぱりわかっていなかった。

ま、古稀にくらぶれば目出たさも中くらいなり、というところでありまして、そのお返しの会が大料亭にくらべれば大分落ちますが、そんなわけでありまして、丸谷先生、どうぞお許しください。

さて、こんなどうでもいいことを喋って終わりにしようかとも思ったのでありますが、そうもまいりません。それで昨夜、もう一度泉鏡花賞にかがやく『輝く日の宮』を読み直そうかと思ったのですが、老来すぐに瞼《まぶた》が落っこちてしまうので、とても無理と考えて、そこで久し振りに、まあ短い『横しぐれ』を読むことにしました。いやあ、傑作ですね。父と国文学の恩師と、種田山頭火《たねださんとうか》との、伊予・道後の一日の関係を探索する。丸谷さんならではの文学の面白さ、かなしさがあざやかに表現されている。山頭火の奇矯な人物像を炙《あぶ》りだすために、幾重も罠のように仕掛けられた小説的趣向は、まるで推理小説を読むようでありました。

と、同時に、横しぐれの一語を起点に、時雨にふれる短歌や俳句の日本的感受性の世界の奥へと尋ね入っていくのです。そして「しぐれ」という言葉には、「死暮れ」という意味がこめられているのではないか、という言葉遊びをやるあたりから、急速に死の世界があらわれて、死に憧れたこの放浪の俳人のイメージが定着していく。その藝たるや、見事なものですねえ。

まさしく知的な遊びの面白さなんですが、その面白さは謎解きのスリルなんかじゃないのです。むしろ美的な論理の構築の面白さというもののようでした。どうでしょうか、皆さん。これはまた『輝く日の宮』の面白さに通じていませんか。わたくしの勝手読みかもしれませんが、昨夜は『輝く日の宮』へと大きく華ひらいた『横しぐれ』の面白さの発見に、しばし興奮して眠れなかったといったら嘘のように聞こえるでしょうか。

それにしても丸谷さんの、男性自身的にはどうか知りませんが、文学的な若さにはほんとうに驚かされます。心からの讃辞を呈するために、わたくしは丸谷さんがかつて書かれたある一文を、ここに皆さんにご紹介してみたい。それは「慶応三年から大正五年まで」という短い、夏目漱石について書かれた文学エッセイなんですが、そのいちばん最後の結びの部分です。

「彼は、偉大な知識人でありながらしかも優れた小説家であつて、つまり一文明の知的指導者であつた。かういふ位置を、彼ほど長い期間（おそらく今日まで）保ち続けてゐる文学者はほかには見られないのである。ここには、小説家の社会的機能としての、いはば理想的な形がある」

どうでしょうか。この「彼」を丸谷と置き換えてみれば、そのまま丸谷才一論の結びになるのではないでしょうか》

以上がわたくしの祝辞というか挨拶であったが、どうも性来の胴間声に加えて発音明瞭ならざる喋り下手もあって、多くの人に感銘を与えるというわけにはいかなかったようであった。わたくしなりに丸谷さん直伝の文学的趣向の限りをつくしたつもりであったのに、それが分かってもらえず残念な想いを嚙みしめていたら、当の丸谷さんからは、「半藤さん、キミのいい藝を見せてもらいました。とても気持がよかった」といわれたのである。これで気をとり直したことを、いまもありありと思いだせる。のみならず、こっちもすこぶるいい気分になり、その後の酒のうまかったことも覚えている。

●ユーモアで包んだ教養こそ

対談集の解説のはずなのに、てんで解説になっていないじゃないかと叱られそうであるが、これでもかなり意識して座談の名人といわれた丸谷さんの対談の味わい方をそれとなく語っているつもりである。それに、そもそも〝余計な解説を加えると、かえって先入観を読者に与えてしまっていかん〟という文庫に解説不要論者なのである。が、やっぱりここはきちんと居住まいを正してその魅力について説かねばならないか、と思うのではじめると――。

まずは、丸谷さんの対談・鼎談《ていだん》の心得の条を聞こう。

「相手がよくなくちやできない。なかにはどんな相手でも平気な人もゐるかもしれないが、わたしはさうではない。

じつくり語り合はうといふ気のない人や、荒つぽい人はもちろん苦手だが、それだけではなく、論理的な精神に欠ける人、用語が明確でない人も、閑談の相手には向かない」（『言葉あるいは日本語』「あとがき」構想社）

これを逆にいいかえると、対談の相手となる丸谷さんその人が文学的感受性に恵まれ、思考に長《た》け、表現の明確な人ということになる。そのような人がぴたりと呼吸が合う相手を選んで語り合うというのであるから、その対談はすべて高みと面白さと香気をめざしてどんどん話が広がっていく、という読者にとってはこよなく読みごたえのあるものとなるのは当然である。

とにかく丸谷才一という小説家は座談の達人であり、その挨拶は滅法面白い、というのが定説になっている。では、その特色を説明するとなると、寿司の大トロの味を言葉で説明するみたいなもので、曰《いわ》く言い難しということになる。そこを敢《あえ》てするなら、この小説家は稀にみる教養人ということをまず挙げなければなるまい。ところがこの教養人はそこが教養ある所以《ゆえん》とするのであるが、決してその教養をひけらかしたりはしない。そもそもがひけらかしては教養にならない。読むほうは鼻白むだけである。で、その示しどころが難しいのであるが、丸谷さんはユーモアで包み、あるいは冗談めかして一席ぶつのである。そこに丸谷さん一流の藝の力を見せるのである。

さらには語り口のうまさがある。これも藝のうちに入るのであろうが、長々と語っていながら実に印象的な落とし所を心得ている。その面白さは、うんと誉めていうならば、磨き抜かれた落語の語りと同じということになろう。面白さが語られる内容を超えて自立しているから、何度読み返してもその都度違った面白さで読むことができる。

もう一つ、そうした藝の力をもちながら、丸谷さんは大の勉強家なのである。行き当たりばったりというところが寸毫もない。対談の席につく以前に、きちんとテーマにそった話題をたっぷり仕込んで、準備万端おさおさ怠《おこた》りなしで乗りこんでくる。そして相手の意表をつくことを特技とする。野坂昭如さんとの対談では、江戸を代表する女は八百屋お七、東京の女はだれか。「明治維新後今日までをひとりで代表させるとしたら、なんといっても阿部お定ということになるんじゃないか」とやって野坂さんをびっくりさせた。わたくしも昭和史対談で、いきなり「昭和前期というのは誠にくだらなく、無意味な時代であった。あの時代においてただ一つ栄光とすべきことは、『源氏物語』を発見し、それを宣揚したことである」と口火を切られて、しばしアッケにとられて黙りこんだことがあった。

また、編集者としてその席にはべって、山崎正和さんとの対談「日本の町　金沢」の司会をしたとき、丸谷さんがいきなり前田利家は片目であったという話をはじめて、山崎さんともどもわたくしは思わずひっくり返ったことが思いだされる。

山崎さんが片目なら伊達政宗だと応じると、丸谷さんは即応した。以下は——、

丸谷　ええ、二人とも片目なのに、一人は片目を売り物にする。もう一人はそれを隠す。そういう前田利家の心の配り方になにかみやびやかなものを感じるんですよ。
山崎　なるほど。うまいところから話を始めるなあ（笑）。

という具合なのである。これを勉強家といわないで、なんといったらいいのか。

●これぞ編集者冥利

こうした仲のいい名人・達人同士の対談に、わたくしは編集者として、多分四十回以上も立

会ったことになるであろう。その当時、流れるようなやりとりを聞きながらいちばん心に残ったのは、そうか、これが現代日本がすっかり失ってしまったかに見えるレトリックの妙というものではないか、ということであった。

念のためにいうが、言辞をいたずらに弄《ろう》するという意ではなく、言葉の風情というもの、品というもの、文学を論じるにも、歴史や芸能を論じるにも、趣味のよさを存分に示し、知的であり、さりとて高踏すぎて難解ということはない。むしろ分かりやすい。交換されることで高められる言葉のうちに、深い内容がこめられてくる。そしてだんだんに常識的な枠組みがはずされ、通説あるいは俗説がものの見事にくつがえされ、考えてもみなかったオリジナリティのあるものの見方が提示されてくるのである。それが丸谷対談の妙といっていい。

思えば、その席にはべることができたということ、それこそが編集者冥《みょう》利《り》につきるというものであった。

ただ一つ、閉口したことがある。対談がすんで酒を酌みながらの閑談に入ると、玩亭の俳号をもつ丸谷さんがきまって連句を巻こうよといいだすことである。なんとなくみやびやかな気分になっているときであるし、逃げるのも卑怯ならんかとただちに連衆となったが、きまって酒のほんわかとした酔いはどこかへすっ飛んでいった。

銀座のバアで、玩亭センセイを宗匠に、山崎正和さんとわたくしとで、半歌仙を巻いたときの初表の三句がすぐに想いだせる。

元日や玩具の店の薄明り　玩亭
春の時計はちと遅れて打つ　正和
いっせいに銀座の蝶の飛び立ちて　一利

もう一つ、初表三句。松江に旅して、宍道湖《しんじこ》の夕日の豪華さを眺め、まずは一杯のとき。

没《お》つる陽《ひ》のその彩《いろ》を見よ春の湖《うみ》　玩亭
箸にかけたる白魚の夢　正和
卒業やひとり眼をつむる写真にて　一利

あとは弘前、芦屋など「日本の町」の取材で、訪れた町々でかならず半歌仙となったのであるが、すべて忘れている。天国で玩亭センセイは「相変らずキミは粗雑だね」と怒り給うているやもしれぬが。

（『膝を打つ――丸谷才一エッセイ傑作選2』「解説」／文春文庫）

史実に向き合い書いた戦争の真実

●祖国というのは国語である

わたくしと阿川弘之さんとのお付き合いは、五十年ほどになります。お互いに海軍の話になると尽きませんでした。それなら、泊まりがけで語り尽くそうということで、一緒に平成十五年（二〇〇三年）に『日本海軍、錨揚ゲ！』（ＰＨＰ研究所）という対談本をだしたこともありました。このときは、箱根の富士屋ホテルに缶詰めになり、二泊三日で合計十五時間ばかり海軍の話をしました。

うちのカミさんと阿川さんの奥様も同席していたのですが、わたくしと阿川さんがあまりにも盛り上がっているのに呆れて、「ほっといて、お散歩にでも行きましょう」と二人ででていってしまうほどでした。

思いだすのは食事の時間のことです。健啖家とはこの人のことをさすんだな、とうならされたものです。娘の佐和子さんが、亡くなる直前にもローストビーフを三枚くらい食べたと、書いておられましたが、富士屋ホテルでも、相当の品数でしたのに、だされたものはペロリとたいらげておられました。

さすがのわたくしも心配して「そんなに食べていいんですか」と聞きますと、「君、エネルギーは食からくるんだよ」とおっしゃる。「でも、もうエネルギーなんていらないでしょう」といったら、

「頭だってエネルギーを使うんだ」。

さらにわたくしが「頭だってあまり使わんでしょう」と続けたら、「文春の巻頭随筆を書くのにもずいぶん使うんだよ」と返してくださる。万事が万事この調子でして、何をお話していても楽しい方でした。

阿川さんといえば、言葉づかいには滅法きびしい方でした。方々で痛い目にあった被害者がいるのを、お読みになった読者も多いことでしょう。かくいうわたくしもその一人です。ある原稿で、「駆逐艦雪風《ゆきかぜ》艦長」と書いたのですが、「それは雪風駆逐艦長と書くものです」と叱られてしまった。旧海軍では、舳《へさき》に菊の御紋章のある戦艦や空母などの軍艦では「艦長」と呼びますが、紋章のない駆逐艦の場合は「長」と呼称していたからです。つまり正確には駆逐艦や潜水艦は軍艦ではないのです。

「おっしゃることが正しいのはわかりますが、読者のなかには知らない方もいますから、こう

書いたんです」といったのですが、「いけません」と取りつく島もないのです。

そのような言葉へのきびしさが、阿川文学の根底にあるのだな、と叱られながらもずいぶん感心しました。

海軍用語だけでなく、雑談のときの言葉づかいもずいぶん直されたものです。

たとえば、「とんでもございません」と口にすれば、「そういう日本語はない。『とんでもないことでございます』だよ」と、ピシャリ。

何々を「立ち上げる」というと、自動詞の「立つ」と他動詞の「上げる」をごちゃまぜにした日本語はない、とこれも許していただけない。

「祖国というのは国語である」という言葉が非常に好きで、日本国の根底にあるのは、日本語だと信念をもっておられたからこそ、正確な日本語にこだわっておられたのでしょう。平気で国語をダメにするものは許さない、それは祖国を崩すことになるからなのです。

かといってわたくしの話す下町弁には、お小言をいわれたことはありませんでした。「僕には使えないけれど、半藤君の言葉づかいを聞いていると気持いいよ」と褒めてくださって、恐縮しきりだったのを思いだします。

文章を書く段になると阿川さんは、極力自分を消してお書きになっておられます。その真髄をいつか知りたいと思っていたところ、あるとき、これぞという文章を読むことができました。

自分で紹介するのはなにやら面はゆいですが、わたくしの書いた『それからの海舟』の解説で、阿川さんは、次のような一文を書いてくださいました。

「記述が淡々としているので読みやすく味わいが深く……」

これを読んだときに、わたくしの文章の過分な褒め言葉だな、と思いました。しかしすぐに、阿川さんはわたくしの文章を褒めてくださったというより、ご自分が理想としている文章について書いておられるのだ、と思い至ったのです。

『山本五十六』を執筆するまでの阿川さんは、「第三の新人」と呼ばれる作家たちのひとりとして、活躍していました。ただし、安岡章太郎、吉行淳之介、遠藤周作といった作家たちのなかで、阿川さんは少し雰囲気が違うなとひそかに思っていました。志賀直哉さんに私淑したこともあり、大正の文壇の匂いを直接受け継いでおられたからかもしれません。

『春の城』や『雲の墓標』といった初期の小説では、後に知られる作品とは違い、戦時下の若者たちの苦悩やあきらめのなかで懸命に生きようとする姿に重きを置いていました。その筆づかいの柔軟さや伸びやかさ、淡々とした記述が、全篇を通読すると強烈な戦争反対の作品になっていました。

わたくしは『雲の墓標』をはじめて読んだとき、ここには「人はそのために死ぬべき価値をどうしたらとらえることができるか」というきびしい命題にたいする苦悩と答えが、見事に描かれていると感動しました。絶体絶命の状況に置かれた若者たちの霊が、この物語によって浮かばれるだろうし、自分も歴史を書くときには、兵士を一人の人間として描いたその優しい眼差しをもっていたい、と思ったものです。

●史実に責任をもって書く

阿川さんにはじめてお目にかかったのは、昭和四十年（一九六五年）のことです。当時わたくしは、『日本のいちばん長い日』を書いたばかり。同じ年に阿川さんは『山本五十六』を執筆なさっていました。

いまとなっては何の集いだったかは思いだせませんが、阿川さんが『いちばん長い日』の評を雑誌の書評欄に書いてくださったので、そのお礼のご挨拶をしたのが最初です。阿川さんは、妙な顔をしながら「君にお礼をいわれる筋はないよ」とおっしゃるのです。

よく考えると無理もない話です。刊行当初、『いちばん長い日』は、大宅壮一さんの監修でだしていたからです。わたくしはその場で、事情を説明したのですが、少し経ってから阿川さんからこういわれました。

「半藤さん。あの本は早く自分の名前にしたほうがいい。歴史ものを書くときは、歴史事実にたいして自分で責任をもたなければいけません」

阿川さんが『山本五十六』をだされたころは、左翼平和主義が全盛のころでした。戦後の罪悪感のみの歴史観の名残があり、わたくしの記憶では、文壇、論壇問わず「戦前の軍人の評伝を書くなどケシカラン」と、阿川さんは総スカンを食っておられました。

小泉信三さんと大宅壮一さんが、単行本で推薦文を書いていましたが、逆にいうとほとんどの文壇人からは評価をされなかったのです。

わたくし自身も社内では「戦争を調べることにうつつを抜かしているなんて、おまえは姓を半藤から反動に変えたほうがいい」などと揶揄《やゆ》されておりました。

そのような時代だったからこそ、史実に責任を背負って書くべきだと考えたのでしょう。阿川さんご自身が、のちに日本経済新聞の「私の履歴書」でこのように書いています。

「幸いにして日本は、左がかりの戦後派文士たちが望むような国にはならなかった。おかげで、才能豊かならざる怠け者作家でも、何彼と美味いものの食える世の中が来た。それはよかったけれど、文壇やジャーナリズムの一部から白眼視されている感じは、今尚残っている」

この一文を読んだとき、イデオロギーが幅を利かせ、このような大作家に苦闘を強いていたことのアホらしさに、なんともいえぬ気分になったものです。

●阿川文学の真髄

阿川さんの歴史への姿勢を肌で感じたのは「私記キスカ撤退」のお原稿をいただいたときでした。わたくしは会社では文芸部門に縁がなく、ジャーナリズムの畑ばかりを歩んでいたものですから、作家・阿川弘之さんの担当をしたことがありません。実は、お原稿をいただいたのは、この一度っきりなのです。

編集長をしていた「漫画讀本」が昭和四十五年に休刊となり、社内浪人になってしまった時分のことです。

何もせずに禄《ろく》を食《は》むわけにもいかないので、「太平洋戦争　日本軍艦戦記」というグラフィックな雑誌をだすことにしました。そこで、すでに戦記文学の大家であった阿川さんにキスカ島からの撤退作戦について書いてほしい、とお願いに上がったのです。

ところが、「すでに幾人もの人が書いている。そのうえに何を書けっていうの」と、なかなか首を縦に振ってくれない。こっちもこの一冊に首がかかっているものだから、最後は、拝み倒して半ば無理やり引き受けてもらいました。

締め切りまで時間がなかったため、「お手伝いしましょうか」と伺うのですが、「結構です」と断られてしまった。

いただいたお原稿を見て驚いたのは、その丹念な取材手法でした。初出時にはすべて載せたのですが、謝辞として「元北海守備隊司令官・峯木十一郎氏、同参謀・藤井一美氏……」と二十名以上の方の名前が書かれていたのです。

文献だけでなく、短期間に当時ご存命だった関係者にはほとんど取材をしておられたのです。阿川文学の真髄である、事実をもって語らしむお原稿でした。

その姿勢はどの阿川作品でも変わりはありません。『山本五十六』では、バクチ好きの性格や愛人との手紙のやり取りも書きこみましたし、『志賀直哉』では、志賀さん本人も口をつぐんでいた兵役のがれについて書いています。

『米内光政』も『井上成美』も丹念な取材をして事実を積み上げていく手法です。ご自分は歌わず、事実自身に歌わせる。わたくしが阿川文学の最高傑作だと思っている『軍艦長門の生涯』もまた然《しか》りです。

美談だけを並べて仕立てることはせず、史実に誠実に向き合いながら、戦争の真実を描こうとする。わたくしはその姿勢に心底感服しました。

阿川さんと最後にお目にかかったのは、平成十七年（二〇〇五年）のことでした。『阿川弘之全集』の刊行に際して行った対談の場です。

このとき、阿川さんが、もうここ数年来、八月十五日には他出もせず訪客も断わって、家でひっそりと暮らすことにしているよ、といった言葉が忘れられないで残っています。

戦死した海軍の同期生たちのことを静かに偲ぶことにしているのだ。命令系統がちょっとちがえば、かれらと同じ年齢で同じ運命をたどったはずの私がこうやって生きのびている。それでこの日一日、私は口数も少なくほんとうにひっそりと暮らすことにしているのだが……。

とそういいました。

黙って阿川さんの顔を見つめるだけで、余計なことをいう気にはなれないでいるわたくしに、阿川さんはぽつんとさらに、

「ただ永遠の沈黙を守っている同期生とこっちも黙って肩を並べて坐っていただけなんだがね」

といって、宙を見つめるかのように眼をすうっとそらしました。わたくしもまた、その視線を追うようにして空の一角に眼を向けましたが。ただそれだけの話ですが、忘れられません。

そんなこともありましたが、あとはもう文壇の話や海軍の話やらで盛り上がり、さて今日はお開きにいたしましょう、となりました。

別れ際に阿川さんは、わたくしを「ゲンマイくん」と中学生時代のあだ名で呼ぶんです。

「なんですか、ゲジゲジ先生」とこちらも、戦時中の阿川さんのあだ名で呼び返しました。いつものような別れの挨拶かと思ったら、その日は勝手が違いました。

「もう、これでほんとうのさよならにしよう」と、阿川さんは話しはじめたのです。今後は、

病院に入ることになっても、決して見舞いには来ないでほしい。「見舞いに来られても、それだけでくたびれて、機嫌が悪くなるから。これでさよならにしよう」

実に阿川さんらしい別れの言葉でした。その後、亡くなるまでの十年間、手紙や電話でのやり取りや新刊本の交換はありましたが、ついぞお目にかかることはありませんでした。いや、あえて病んだお顔を見に伺うことはやめました。

わたくしにとっての阿川さんは、海軍の話が一緒にできるお兄さんといった存在でした。阿川さんは大正九年（一九二〇年）生まれで、わたくしは昭和五年（一九三〇年）生まれ。ちょうど十歳違い。阿川さんにしても、昔の海軍の話を喜んで聞く、そしてべらんめいで応答するわたくしを面白がってくださっていたんじゃないでしょうか。阿川さんが亡くなってから、ふとそのような想いが脳裏をかすめるこのごろです。

（「文藝春秋」２０１５年10月号）

第5章

新しい文学への船出

菊池寛、天衣無縫の人生

●文庫の解説を自分で書く

手元に新潮文庫の『藤十郎の恋・恩讐の彼方に』という菊池寛の短篇集がある。昭和四十五年（一九七〇年）三月発行で「平成二年一月十五日　三十四刷」と奥付にある。

この文庫は、昭和四十五年に版を新しくしたものと思われる。ほんとうの初版は敗戦後も間もないころであったはずで、なぜなら、巻尾の解説が吉川英治のままになっているからである。この解説は菊池寛みずからが買ってでて、吉川英治の名を借りて書いた文章なのである。菊池寛は昭和二十三年に五十九歳で狭心症で死去しているから、当然のことながらそれ以前に発行されていなくてはならない。それは、

「この集には、菊池氏の初期の作品中、歴史物の佳作が悉《ことごと》く収められている。これらの作品を見ても、菊池氏が、リベラリストとして、その創作によって封建思想の打破に努めていたことがハッキリするであろう」

という前書きにはじまって、

「およそ大正から昭和の初めに当って、菊池氏の作品ほど、大衆の思想的、文化的啓蒙《けいもう》に貢献した作品は少ないと、いってもよい。が、文学作品の社会的影響などは、甚《はなは》だ微力なものである。／戦いに敗れた今日、改めて封建思想の打破が叫ばれなければならぬほど、菊池氏としては、残念至極なことと思っているであろう」

という文章で終わっている。

菊池寛が代作した経緯については、永井龍男があるエッセイに書いている。それによると、当時菊池寛は戦争協力の科《とが》によって公職から追放されていた。たまたま将棋仲間のドイツ文学者高橋健二が、新潮文庫の編集に関係しており、将棋をさしに菊池邸を訪れたおりに、短篇集をだしたい旨を伝えた。菊池寛は快諾したが、巻末につける解説はだれに依頼したらよいかと高橋が相談をもちかけると、自分が書くと菊池はいった。いや、第三者が書くのが慣例になっている、といわれた寛は、

「それでは僕が書いて、吉川英治の名で出す。吉川君には僕から話しておく」

と、いとも簡単にいい、そのようになったというのである。大雑把というか、いかにも菊池らしい闊達《かったつ》さであろう。

菊池寛の急死は、戦犯という「汚名」によるものであるということは、今日では定説になっ

ている。公職追放というのは、かれにとって、不本意きわまるものであった。それだけに吉川英治の名を借りてまでも、自分の考えを主張したい気持の強かったことが、この一事からも明瞭である。

その主張したいこととは、引用した書きだしの一節と、結末の数行のなかにある。リベラリストとして、その創作によって封建思想の打破に努めてきたこと。大衆の思想的、文化的啓蒙に貢献してきたこと。この二つである。おそらく菊池は、自分の生涯を自分でそう見極めていたのであろう。

●生活第一、芸術第二

菊池寛には、そうした自分を自分でいかにして形成してきたかを書いた『半自叙伝』という著作がある。昭和三年（一九二八年）五月号の「文藝春秋」にはじまり、同四年十二月号で連載を終えたのをまとめた作品である。明治二十一年（一八八八年）十二月に香川県高松市に生まれてより、大正八年（一九一九年）『恩讐の彼方に』を発表、文壇的位置を確立するまでのことが、こと細かに書かれている。菊池は当時四十歳である。

執筆を開始した昭和三年といえば、まとまった歴史小説や戯曲『父帰る』、新聞小説の『真珠夫人』などを世に問い、すでに小説家としては、空前の声名を得ていた。「文藝春秋」の創立者としても、大正十二年（一九二三年）の創刊いらいこの総合雑誌を主宰している。それにあきたらず、その前々年には小説家協会と劇作家協会を合併し、いまの日本文藝家協会の基礎を固め、またこの年には第一回普通選挙に、東京府第一区から社会民衆党公認で衆議院議員たらんと立候補している（残念ながら落選）。そしてまたこの年、文藝春秋社を株式会社に改組し、取締役社長になっている。翌年にはあらためて『菊池寛全集』が平凡社より刊行され、まさに文壇の大御所たらんとしていたのである。

そのように社会活動にも歩を進め、心身充実しているときに、回顧的な文章を書く心境にはとてもなれなかったのであろう、その第一回の前書きで、

「自分は自叙伝など、少しも書きたくない。自分の半生には書くだけの波瀾も事件もないのである」

と無愛想なことをいっている。

それならば、なぜ一年有余にわたって執筆が続いたのであろうか。一言でいって、菊池は自分の雑誌「文藝春秋」の読者にサービスのつもりで、これを書きだしている。おそらくほかの雑誌からの依頼原稿では回想録などに筆を染めなかったであろう。それに自分のことを振り返ってみたりするのは菊池のもっとも嫌うところで、宮本武蔵の「我事において後悔せず」をモットーにしていた。ところが、自分の思っていた以上にこれが愛読された。こうなるとやむを

えず、興のおもむくままに書きついでいかざるをえない。そこに『半自叙伝』のぶっきらぼうな面白さがある。

小林秀雄が「菊池寛論」で評している。

「菊池氏の『半自叙伝』は作家の告白病から鮮やかに超脱している点は無類だと思う。先日高橋是清氏の自伝を読んで、自己解剖に心胆を砕いている文学者には到底描き切れない自分の姿が語り切られている点を面白く思ったが、同じ性質の魅力である。自己反省の手際なぞは見せず、見た事行った事をさっさと語ってくれる。楽天的であり実践的であり、反省のための反省が皆無なところ両者はよく似ている」

小林秀雄は菊池と親しく、菊池の人となりをよく知る人であった。それだけにこの『半自叙伝』がもつ真髄をよく射抜いている。粉飾や衒気《げんき》にみちた文学的な自伝ではなく、自分の姿をまともに語りきった〝生きた人〟の自叙伝である、というのである。

あらためて読み直しても、まったくそのとおりで、およそおのれに執したところがないと思う。あっけらかんとして天衣無縫である。無造作に、闊達に、飾り気のない平凡な文章で、淡々とおのれを語っている。それでいて、いや、それだから読者は奇妙な親近感をおぼえ、あたたかさがそこから感じとれる。

そして、戦後の昭和二十二年（一九四七年）の五月号と六月号の「文藝春秋」に、補遺のようにして二回だけ『半自叙伝』の続篇を菊池は載せているが、そのいちばん終わりでいう。

「私は文壇に出て数年ならざるに早くも通俗小説を書き始めた。私は、元から純文学で終始しようと云う気など全然なかった。私は、小説を書くことは生活のためであった。青少年時代を貧苦の中に育ち、三男ではあるが没落せんとする家をどうにかしなければならぬ責任があった。第一生家のわずかな土地家屋が抵当になっていたから、そうした借金も返さねばならなかったから、金になる仕事は、なんでもする気だった。（中略）ともかくも、生活の安定だけは得たいと思ったのである。清貧に甘んじて立派な創作を書こうという気は、どの時代にも、少しもなかった」

堂々たる宣言である。見方によっては、通俗作家といわれるようになったことにたいする居直りのおもむきも感じられようが、とにかく、菊池寛は文学や芸術という言葉にしがみつこうとはしなかったのである。「生活第一、芸術第二」を信念とした。それはまた、雑誌「文藝春秋」編集の根本方針とする考え方でもあった。『半自叙伝』は菊池寛のそうした人生観をハッキリと見せてくれる。

（『歩んできた道と人』／社団法人日本文芸著作権保護同盟）

「文學界」の昭和史

●文芸復興のとき

同人雑誌「文學界」は昭和八年（一九三三年）十月号を創刊号とする。

歴史探偵を自称するわたくしからすると、昭和八年といえば、国際連盟を脱退し（三月）、大日本帝国が「栄光ある孤立」を選択した年、そしてまたナチス・ドイツのヒトラーが首相に就任（一月）した年と、そんなことがすぐ頭に浮かぶ。それと文学的事件として、左翼作家小林多喜二が築地署で圧殺されている。二月二十二日の朝日新聞が、外相松岡洋右の国連脱退声明を大きく報じた紙面の隅のほうに、「小林多喜二氏　築地署で急逝　街頭連絡中捕はる」と報じていたことがはっきり思いだせる。

そんな険呑になりつつあるとき、「文學界」創刊とは！　と一瞬思ったが、ちょっと思い直してみると、谷崎潤一郎「春琴抄」や川端康成「禽獣」もたしかこの年に発表であったと、その昔に調べたことがあった。政治状況はあらぬ方向に歩みだしていたが、それと関わりなく、

「文芸復興」の名でよばれるほど、文運隆昌のときであったのである。

事実、宇野浩二「枯木のある風景」「枯野の夢」、武田麟太郎「市井事」、尾崎一雄「暢気眼鏡」、志賀直哉「万暦赤絵」、堀辰雄「美しい村」とかつて愛読した諸作品が目白押しにこの年発表されている。それと長篇連載にも石坂洋次郎『若い人』、尾崎士郎『人生劇場』、広津和郎『風雨強かるべし』、そして宇野千代『色ざんげ』と、戦前のエース級の小説がならんでいる。そういえば『若い人』も『風雨強かるべし』も息苦しくなる時代に果敢に文学が挑戦していたな、と一席やりたくなるほどであるが、割愛する。

高見順も『昭和文学盛衰史　』で書いていた。

「昭和八年という年は興味ある年だと思うのである」

その〝興味ある〟とは、いろいろな傑作が書かれたことだけではなく、その大事な一つに、「文學界」の創刊があったにちがいない。

なにしろその創刊号から、あえていえば敗戦直前の昭和十九年（一九四四年）四月に「文藝春秋」が当局のきつい命令で文芸誌にされて、合併を余儀なくされるまで足かけ十二年間（途中で休刊はあるが）、文学者みずからが直接に編集し、原稿を集め、多くの読者に読まれてきた雑誌なんてほかにはない。しかも、くぐり抜けてきた時代が疾風怒濤《しっぷうどとう》の戦時下、「一億一心」「欲しがりません勝つまでは」の殺伐としたときであった。

昭和八年の創刊は、編集同人の一人であった林房雄の回想によると、「そのころ『文化公論社』という出版社をつくって、出版界に雄飛しようと志していた田中直樹君が、武田麟太郎のところに、文学雑誌を出したいと相談を持ちこんだことから始まった」（「『文學界』創刊のころ」日本近代文学館『解説――「文學界」復刻版　別冊』）

というのである。そこで武田が林房雄に相談をもちかけ、林が小林秀雄に話し、三人で川端康成を訪ねて誘うと、断ると予想していた川端が意外なほどの熱意を示して賛成する。そして、宇野浩二と広津和郎にも声をかけてみることを川端が約束する……といった具合に、それぞれの交際範囲の流れからトントン拍子で同人が形成されていった、ということらしい。

●文学者の手による文学雑誌

当の田中直樹その人が、同じ近代文学館発行の小冊子に「『文学界』創刊の思い出」を書いていて、そのなかに川端が書いたものに宇野がちょっと朱筆を入れそれに基づいて林が新たに執筆したという挨拶状（創刊の辞）がそっくり載っている。これがなかなか興味深いのであるが、長文にすぎる。で、そのなかのとくに注目されるところだけを少し長く引用する。

「勿論《もちろん》、われわれは、みな多少とも文学観を異にするところがあります。したがつてイズムの旗印を先にするやうな文学運動でなく、また単なる文学愛の熱狂のみで集るものでもありません。みな既に幾らかこの道に苦労したものですから各自、作家的良心を持寄つて編輯すれば、文学界に寄与するところが決して少なくないと信じます。なほ、われわれ自身といたしましても、何の拘束なき仕事をもち、新しい文学に多少とも寄与できることは、この上ない喜びであります。

文学史上のかがやかしい開花は、このやうな目的をもつ文学者自身の手による文学雑誌によつて用意されました。われわれも、また、微力ではありますが、この目的のもとに、力をあはせたいとのぞむものであります」

どうしてどうして盛んなる創刊への意気が感ぜられてくる文章ではないか。そして宇野、川端、小林、深田久弥、林、武田、広津の順で、同人の名が連ねられている。

同人雑誌の誌名を「文學界」としようといいだしたのは広津。「字面もいい、縁起もいい」との広津の言葉に、同人たちは一瞬たじろいだという。明治二十六年（一八九三年）一月、島崎藤村、上田敏、北村透谷たちがだした雑誌の名をそのままいただくことになるからである。しかし、明治の「文學界」が当時の日本文学に清新な浪漫主義的思潮を注ぎ、大正期の自然主義文学の母体となったことに思い到ると、「よかろう、あえて彼らの文学精神を継ごうではないか」と、一同は広津案に賛成したのである。

こうして創刊された「文學界」の第一号の部数は一万部。最初は四百字原稿用紙一枚に五十銭を払ったというが、ほんとうかどうか。編集後記は川端康成と田中直樹とが書いている。先の挨拶状と同じ趣旨であるが、やっぱり記念の〝宣言〟としてこれもちょっと引いておきたい。

「時あたかも、文学復興の萌あり、文学雑誌叢出の観あり、尚《なお》のこと本誌は注視の的《まと》となつたが、私達はこの時流を喜び、それを本誌によつて正しく発展させようとすると同時に、また時流とは別個の私達の立場も守らうとする」

それだけに川端も小林も林も心を合わせて編集のために熱心に働いたという。版元の田中直樹は、肝腎の同人諸公が原稿を書かなくて書かなくてと大いにこぼしているが、好意的に見れば、それだけ作家たちが雑誌編集に精力を使ったため、と見られなくもない。それだけ使命と意気と、独立の精神と、それに急奔《きゆうはん》する時勢に抗議する情熱があったということであろう。が、なによりも彼らには若さという絶大な力があった。いまから思うと、すでに大家のなかに数えたい宇野や広津は四十代、川端、小林は三十代、深田、武田、林はやっと三十歳になるやならずやの若さであったのである。

●小林秀雄の奮闘努力

川端康成がもっぱら責任編集で文化公論社からでた「文學界」は、中村光夫、保田與重郎など新鋭の評論を載せにぎやかな誌面づくりが成功し、話題もよんではじめはよく売れていた。昭和九年（一九三四年）二月刊の第五号で、さらに同人に里見弴、横光利一、藤澤桓夫が加わり、いっそう充実して……と思えるのであるが、なんと、この号をかぎり休刊になってしまう。三号雑誌ならぬ五号雑誌である。親会社の資金難というごく常識的な理由がすぐに浮かぶが、それだけではなかったようである。

田中直樹が「思い出」で書いている。

「武田さんや私も毎日飛び歩いて原稿催促までしている。それでいて、原稿が出来ないのだ。いったい文芸復興はどうなったのだ！　といった気持も、頭をもたげて来ようというものである」

察するに創刊いらいの同人のセンセイ方の怠《なま》けぶりに業《ごう》を煮やし、版元としてはついに堪忍袋の緒を切った、というところか。

創刊号　同人執筆　64頁（同人以外　112頁）
第二号　〃　67頁（〃　133頁）
第三号　〃　53頁（〃　171頁）
第四号　〃　56頁（〃　184頁）

第五号　同人執筆　36頁（同人以外　２０４頁）

田中発行人が癇癪《かんしゃく》まぎれに（？）書きとめている記録である。発刊いらいどんどん同人の原稿が減っている。文芸雑誌としては同人以外の多彩な顔ぶれがならんで、同人雑誌とはとても思えない編集の苦心はわかるが、刊行会社としてはたまったものではなかったろう。

しかし、たった五冊ながら創刊の意義はたしかにあったのである。川端、小林などの芸術派あり、林、武田の転向文学者あり、宇野、広津の既成のリアリズム作家あり。悪くいうものはこれを「呉越同舟」と嗤《わら》ったが、少なくとも「文學界」がよく売れたのは、不穏な国家の文化破壊の動きから、文学をなんとか守ろうとするこの雑誌の編集者つまり文学者の思いが、読者に惻々《そくそく》として伝わってきたからにほかなるまい。

昭和九年の歴史年表を眺めればそのことは分かる。三月には治安維持法の修正が審議未了となり、六月には文部省に思想局が設置される。そして擡頭《たいとう》する軍部は、ことあるごとに国防国家の建設をとなえだし、通信・情報・宣伝を管轄する情報局のような国家機関をつくることを要請してきた。そこにはナチス的なマスコミ統制の芽ばえがあるが、新聞や総合雑誌に反対の声は一つもあがらなかった。

そんなジャーナリズムの情況であったからこそ、といえるかもしれない。同人の胸のうちには「文學界」をこのまま五冊で潰してなるものかの熱い思いがあったのである。現実の政治情勢の圧迫からイデオロギーを超越して文学を護るためにも、「文學界」が高く掲げた独立の旗印をもってそれに対抗しなければならない。そこで、事実上のリーダーである小林秀雄と林房雄の活躍があって、休刊三号のあとで新しい版元が見つけられた。本郷にあった文圃堂《ぶんぽどう》書店がそれで、昭和九年六月号を復刊第一号としてここを版元にして再スタートする。これが部数四千部であったという。

七月号から武田麟太郎が編集を担当し、「政治と文学の問題」など特集企画で頑張るも、九月号をだしたところで採算割れで、また休刊。昭和十年一月号から、小林秀雄の責任編集で三度目のスタート。小林の英断で、原稿料なし。しかもミノファーゲンの社長宇都宮徳馬から毎月百円のカンパをうけ、また作家岡本かの子からの申し出もあって新設の「文學界賞」の賞金をふくめ百円の寄付を仰ぐ、のちには吉川英治からもなど、小林はあらんかぎり力をだして奮闘努力する。が、時の勢いは文学ごときに目もくれないほど粗暴に荒々しくなっていく。

編集責任の小林はほかにも思いきったことをやっている。昭和十一年一月号で同人を改組する。里見弴、宇野浩二、広津和郎、豊島与志雄の大家たちに退いてもらい、あとに阿部知二、河上徹太郎、島木健作、舟橋聖一、村山知義、森山啓の六名の参加をきめる。この改組についてこの号の編集後記に小林は書いている。

「一年間編輯をしてゐて、あんまり風通しが悪く、雑誌が衰弱して行く傾向があるので、名案も浮ばないまゝに、エヽイツ畜生め、と思つたからである。何でもかまはない機勢をつけちまへ、さうでもしなけりやとてもいかんと思つたからだ」

しかし、小林が「エヽイツ畜生め」と唸《うな》ってみても、「文學界」が大きく伸長する、いやたくましく生きのびていく道は狭まるいっぽうである。天皇機関説排撃、国体明徴運動と、昭和十年の日本の進むべき大道とは、現人神《あらひとがみ》として天皇の神聖にあこがれる〝天皇神聖説〟〝神国日本〟の思想以外になかったのである。なるほど、文学は無償のものに見えるけれども、実は文化の先頭に立ってこれを導いていくもの、という「文學界」の昂然たる理想が理解される余地はほとんどなくなっていた。

文圃堂書店の若き社長野々上慶一が近代文学館刊の小冊子の「文圃堂内輪話」に書いているように、「昭和九年六月復活号を出してから、文藝春秋社に移る前の昭和十一年六月号迄、たびたび休刊をまじえ、喘《あえ》ぎながら」も、「文學界」はなんとか発行され続けてきた。編集責任者小林は、原稿料なしでみずから『ドストエフスキイの生活』を連載しつつ頑張ってきたのである。

小林が昭和十一年四月号の編集後記に苦衷をぶちまけている。

「正月号の売上げによると原稿料があるものとすれば丁度それだけ損になる事が判明した。原稿料だけ損になるといふのは、今日の文芸雑誌で先《ま》づ普通の成績ださうだが、いつまでも普通の成績ではやり切れたものではない。第一、文士の恥だ」

であるからといって、小林の神通力をもってしてもなんともならなかったのであろう。その口惜しさが「恥」の一字にこめられている。

文圃堂の許可を得て、発行所を文藝春秋社に移す前に、こうした状況下では当然のこと、廃刊問題が同人の間に論じられたらしい。そして同人の意見が廃刊でまとまりかけようとしたとき、小林が断固続刊を主張したという。陪席していた野々上が、そのときの小林の「意気と熱意には、打つものがありました」と記すように、小林は渾身の力と雄弁とをふるって説いたものと見える。

しかも小林は主張しただけではなく、存続のためには新しい版元、それもこんどは潤沢な資本をもつ版元を探しだしてきた。小林が目をつけたのは、文藝春秋社の社長にして文士でもある菊池寛。小林は辞を低くしてこの年来の友人に頼みこんだ。引用する余地はないが、その事実を小林は「文藝春秋と私」(「文藝春秋」昭和三十年十一月号)にハッキリと残している。

●黒字になった「文學界」

文藝春秋社(以下文春とする)発行となると同時に、小林から河上徹太郎へと責任編集が代わった。近代文学館刊の小冊子に、河上が「(編集は) 小林と私が専任で引受けることになった。作家の気紛れでは任しておけず、結局批評家が背負わされるのがいつもわれわれの悪運である」(「『文学界』の思い出」) と書いていることでわかるように、小林は決して身を退いたわけではなかった。後見としてうしろに回ったのである。

文春発行第一号の昭和十一年七月号の編集後記で、河上がごくさりげなく版元移動のことを書いている。

「発行が文藝春秋社になつた。それについては林が同人雑記に詳しく書いたから、それを見て戴きたい」

そこで林房雄の同号の同人雑記「内輪話」を読むと、発行を引きうけるにさいしての菊池寛の態度が細々と記されていて、これが菊池らしくてなかなか面白い。

「菊池寛氏は、別に四角張つたことは言はなかつたが『文學界』を発展させることが、明らかに有意義な文学的事業であることを認め、同人の依頼をいれてくれたのである。『僕の社が引きうけたら、同人が安心しすぎて怠けやしないか、それだけが心配だ』と言ひ、『その心配さへなければ、この雑誌で儲けるつもりはないのだから、儲けが出たら、全部同人にやる』と約束してくれた」

いわゆる〝金はだすが、口はださぬ〟の出資者の度量を見せたのであろうが、事実、菊池はまったくといっていいくらい編集に介入しようとはしなかった。途惑ったのは文春社員のほうで、同人文士の出入りの態度が横柄であるとか、社への要求が僭越《せんえつ》であるとか、すでに名を得た人々の編集者ぶりにたいする嫉妬というか競争意識をひそかに燃やしたらしい。そのような社員の微妙な心理を、菊池寛はまったく意にも介してはいなかった。

第四期ともいえる「文學界」は、こうして順調に動きだした。それがよく分かる編集後記を二つ並べてみる。まず十一年八月号、筆者は責任編集二冊目の河上徹太郎。

「矢張玄人の仕事は争へないもので、経営が文藝春秋社の手に移つてから、断然売行もよく出来栄も何だか雑誌らしくなつて来た。逢ふ人毎に『立派になつたね。』といふ。自惚《うぬぼ》れていゝのか、謙遜しなければならないのか、変な具合なものである。何しろ素人編輯長たるもの読者と文藝春秋社の人達に感謝の念に一ぱいだ」

続いて十月号、筆者は創刊時の何号かにあったいらい久しぶりの川端康成。ちなみに十年一月号の「文藝春秋」に第一回「夕景色の鏡」を載せていらいかれの代表作『雪国』が着々と書きすすめられているときであった。

「雑誌のどの頁も次第に調子が高くなり、いよいよ物になつて来さうだが、先月の充実に継ぐ今月は、未曾有の原稿の輻輳《ふくそう》で、三十頁以上厚い特大号としたが、尚収載しきれない。素人が熱心の余りに慾張つた計算違ひと、執筆諸家の御宥恕《ごゆうじょ》を乞ひたい」

なるほど、川端のいうとおり「文學界」はたしかに厚くなっている。七月、八月号は二五四ページ、九月号が二八六、十月号は三一六と増ページされている。しかもよく売れて〝黒字〟になったというのであるから、書いているこっちも嬉しくなる。

十二月号の同人雑記「内輪話」の冒頭で、林房雄が手放しで喜んでいる。

「『文學界』が黒字になつた。といつても、大した黒字ではなく、計算上の黒字にすぎず、文藝春秋社にかける迷惑がこれで解消したといふわけでは更らにないのであるが、八月及び九月号が、黒字であることが解つたのだから、なんとしても嬉しい」

それで大枚の原稿料がでるようになったとは書かれていないが、とにかく目出たい話である。近代文学の理念に立って、個人主義と芸術主義を積極的に標榜する「文學界」の編集方針が、悪化していく時勢であるゆえにかえって多くの読書人に受け入れられていたのであろう。身贔屓《みびいき》でなくてそう思う。

と書くそばから、実は話はだんだん怪しくなっていく。悪化していく政治史と無縁ともいえる「文學界」の流れを、楽しみながら追っていくというわけには、このあと急速にいかなくなる。政治抜きに文学を語るときでなくなったのである。

ご存知のように昭和十一年は二・二六事件のあった年である。菊池寛の言葉を借りれば「無事でおれん世の中になった」のである。事件後の陸軍中央部は〝粛軍〟の名目のもとにおとなしくなったようなそぶりをする。それが目眩《めくら》ましとなり、世はそれが陸軍の策謀であることに気づこうとはしなかった。すなわち、粛軍の証しとして陸軍は部内の機構改革をする。その一つに、陸相の政治幕僚としての軍務課の新設がある。そして新聞班（のち報道部）を発足させる。内政班、外交班、満蒙班、支那班とならんで新聞班も、戦略的見地からする政策の立案、また推進を担当するとした。つまり陸軍の公然たる政治介入をひそかに宣言した。とくに、内政班と新聞班の存在が、言論界ひいては日本文化界に与えるであろう影響はとてつもなく大きく、自明のことであったろうに、ほとんどの文化人は気づこうともしなかった。

軍靴の音とともに、文学的には暗い時代がはじまっていたのである。

●発売禁止という強圧

官警（内務省と警察）に加えて軍の報道部がのりだしてきて、言論への圧迫はいっそう強まっていく。それかあらぬか昭和十二年二月号の「文學界」が当局から発売禁止の処分をうける。川上喜久子の小説「光仄《ほの》かなり」は反戦小説、という理由である。この号では新たに制定された文学賞「池谷信三郎賞」の第一回発表があり、中村光夫「二葉亭四迷論」と保田與重郎「日本の橋」の二作品が受賞していたが、残念ながら賞としては名のみということになる。

なおこの池谷賞は、岡本かの子の寄付ではじまっていた「文學界賞」を文春経営となって打ち切り、発展的に拡大制定されたものである。また、「文學界賞」は北條民雄「いのちの初夜」、岡本かの子「鶴は病みき」などが受賞していたことも付記しておく。

ともあれ発禁は、せっかくの文学賞発表号であっただけに編集部には大そうな衝撃となった。あるいは、責任編集者の河上徹太郎にその予感があったのであろうか、一月号の編集後記に書いている。

「ナチスが芸術批評を弾圧した。結構な話である。われ〳〵には、弾圧しなくては市民生活を政治の意向に反してかき乱すやうな如何なるものを持つてゐるのだ？　一寸利巧な政治家なら、僅か数千の特殊階級がヒユーマニズムを限定しろとかするなとか騒いでるのなんか、勝手に放任しておくだらう。それにも関らず一方では弾圧しようとする機運があるし、される方では文化の擁護とかいつていきり立つ。両方とも没落西洋の猿真似である」

と威勢よく啖呵《たんか》を切ったものの、現実に発売禁止という強圧が下ったのは傷手である。小林秀雄が三月号の編集後記に顔をだして神妙に詫びることになる。

「二月号は川上喜久子氏の小説『光仄かなり』が原因で発売禁止となつた。切取還附を受けて発売する案も実行しかけたが、何しろ七十頁もある力作で、削除した上では売り物になりさうもないので、残念乍《なが》ら屑屋に廻した。編輯の不注意から読者に御迷惑を掛けて甚だ相済まぬ」

であるからといって、小林・河上の責任編集コンビ、それに加えるに林房雄の面々、弱みなんかこれっぽっちも見せていない。四月号には巻頭言を載せて気焔を吐いている。「今や我々文学者の進む途に二つの難関が横たはつてゐる。一つは文壇の孤立特殊化の問題であり、他は一般的な文化の危機の問題である」

として、「文學界」の存在理由をあらためて揚言する。

「従来のあてがひ扶持《ぶち》的な綜合雑誌の論文では満足せぬ新知識階級」にたいして「文学が真に文化批判の規範であることを知つた文芸雑誌こそ、此の知識層を掴んで、批評界の覇士とならねばならぬ」。

そして同じ号の同人雑記「内輪話」で林がこれまた誇らしげに書いている。

「本誌の読者は、一度増すと減らないから安心だ。四月号からは部数を増すことになるだらう。いよいよ、名実ともに日本一の文学雑誌である。／原稿料も、四月号から確実に出る。まだ、全執筆者に出すところまで行かぬが、おそらく、九月号あたりから、文芸雑誌としては、最高の稿料を全部の人に出せるやうになるかと思つてゐる」

●日中戦争の勃発

ところが、林の「九月号あたりから」が、残念ながら夢のまた夢となったことを、わたくしたちは知っている。七月七日、〝盧溝橋《ろこうきょう》の一発〟から日中戦争が勃発し、大日本帝国は「戦時」という名の異常な状況下に突入することになったことを。

時勢は急変する。軍の新聞班は記事差止事項をつくり、七月十三日に新聞社や出版社にこれをいっせいに通達する。

「一、反戦マタハ反軍的言説ヲ為シ、軍民離間ヲ招来セシムルガ如キ事項。
二、我ガ国民ヲ好戦的国民ナリト印象セシムルガ如キ記事、或《あるい》ハ我ガ国ノ対外国策ヲ侵略主義ナルガ如キ疑惑ヲ生ゼシム虞《おそれ》アル事項。
三、（略＝特に新聞社向けのことゆえ）
四、前各項ノホカ時局ニ関シ、徒《いたず》ラニ人ヲ刺戟シ、依《よっ》テ国内治安ヲ攪乱セシムルガ如キ事項」
いま読むと、どの項目も無限に拡大解釈のできる恐ろしい通達であることが、ただちに感得される。陸軍省新聞班の少佐か中佐あたりの少壮軍人がその気になれば、たちまち差し止め、発売禁止にすることのできる時代がやってきたことになる。そして官警もただちにこれに見習った。「文學界」がはたしてこの事態にどう対応するか。象徴的かと思われる二つの編集後記をあげてみる。

その一、九月号、執筆は河上。

「事こゝに至つては根底のない『批判精神』の無力が痛感される。思想は暴力ではない。決して暴力に負けはしない。然《しか》し思想を産む力は、絶対に論理的真や何かではない。それは現実の中に潜む或る微妙な力の平衡の破れである。（中略）徒に己が思想の純潔に淫してゐる時ではない。文学者に又とない此の試練の時を、我々は協力して力強く耐へてゆかうではないか」

他のもう一つは、十月号、執筆は小林。

「ある雑誌から時局に対する文学者の態度に関する座談会を開催したいからと出席を求められた。編輯者とこんな会話を交はした。

『戦争に対する文士の態度といふ特別な態度でもあるのかい』

『無いでせうね』

『だから僕は断るよ。一と言ですんでしまふもの。戦ひは勝たねばならぬ。同感だらう』

『同感だ』

『だから、なるたけ一と言で話が済まない奴を集めないと成功しないよ』

『無論さうだ。だから欧洲大戦の時、向ふの文学者のとつた態度といふ様な事を話して貰はうと思つてゐる』

『そんな知識は僕は皆無だから駄目だ。あつても今更間に合はないし、吾が国では間に合はない』

『では、貴方は出て来なくてもよろしい』

『無論出ないさ。出るくらゐなら従軍記者になる』」

どちらも少々長い引用となったが、戦争勃発がこの国にとって由々しき大事であることを、二人の知識人が強く実感していることが分かる。文学者たるものいかにあるべきか、について深く考えるところがあったようである。

●政治に翻弄される作家たち

さっそく記事差止事項の打撃が、またしても「文學界」を襲った。石川淳「マルスの歌」を載せた昭和十三年一月号が発禁の槍玉にあがる。三月号で河上は真剣に訴えている。

「思想の統制に対し、或は言論の地位を心配する向《むき》もあらう。然し我々は日本を信じる。又、我々の大部分が忠良なる国民であることを信じる。だから統制も此の『大部分』の善き国民としての創造意志を制限しないだらうと信じ、望んでゐる」

さらに翌四月号でも注文をつける。

「少く共私は明言する。私は今迄文学者として現在の国策に沿つた文学の道を極力追求して来た。（中略）為政者も之を彼等の『専門的』技術を尽して批判して貰ひたいものである。少く共従来の如く赤と白とか、右と左とかいふ常套的範疇で片づけては貰ひたくない」

しかし、こうした真剣な声も当局には届かなかった。いや、むしろすでに前年の十二年の間に統制機関がより整備されて、言論の自由は風前の灯《ともしび》となっていたのである。情報委員会が改編拡充されて、言論統制の一元化を目的に内閣情報部が設置されたのが九月。大本営内に陸海軍それぞれの報道部が新たにおかれたのが十二月。そして言論取り締まりは、すでに言論指導へと方針を変えていこうとしていた。

それればかりではなく、十月には、内務省検閲課が中心となり、有力な出版社（各社幹部、編集代表者）との間に出版懇話会が組織されている。これまた単なる懇談にあらず、言論指導の一端と見るほかはない。

こうした軍・官・警が一つになっての言論統制が整えられつつあるなかで起こったのが、人民戦線事件である。第一次が十二年十二月、山川均、大森義太郎、向坂逸郎、荒畑寒村たち四百名余が検挙される。さらに第二次が十三年二月に起こり、大内兵衛、有沢広巳、美濃部亮吉たち「労農派教授グループ」がつぎつぎに逮捕された。そして三月、宮本百合子、中野重治たち左翼作家に執筆禁止が通達される。民主主義や自由主義さえも、社会主義や共産主義の温床となる危険思想である、と当局に見なされたのである。

世は一気にすさまじき時代へと変貌した。「マルスの歌」発禁どころの話ではなく、河上の訴えが空を切ったのはもう至極当然である。それなのに、と思わず天を仰ぎたくなる編集後記が見つかるのである。十三年六月号、もちろん執筆は河上で、「ジヤーナリズムが最もシヨツクを受けたのは、人民戦線派の検挙の後であつた」と記した上で、こう呑気なことを書いているのである。

「先日私は内務省の人達から懇談的に招待されて色々話したのだが、正直な所先方の考へ方がこゝ一年許りの間の私のいつてゐることと余り同じなのに驚かされた。（中略）結局共鳴し、気焔を挙げて帰つて来たやうな結果になつた」

何をおっしゃる徹太郎センセイ、といいたくなるのであるが、あに河上のみならんや。同じ号の同人雑記で島木健作までが、河上、林とともに三人でこの懇談に同席したときのびっくりするような感想を書いている。まったく、官僚の深謀遠慮もわからず、文士とは人の好いものと見つけたり、である。

「会つて色々懇談して、私は矢張非常にいいことをしたと思つた。（中略）作家達は一時確かに萎縮した。萎縮したのにはそれ相応の理由があつた。しかしそこには無用な疑心暗鬼に類するものもなくはなかつた。我々はもはやのびのびとした闊達《かったつ》な精神を取り戻して、仕事を始めるべき時であると思ふ」

エリート官僚どもの手練手管《てれんてくだ》の懐柔《かいじゅう》に文士たちはうまうまと乗せられたの図、とわたくしが評してもそれほど誤ってはいないであろう。

乗せられたといえば、「ペン部隊」の出陣もそうであったかもしれない。八月の内閣情報部との懇談会で、陸軍側からもちだされた提案があった。陸軍省新聞班の松村秀逸中佐が文学者の従軍を要請してこういった。

「従軍したからとて、決して物を書けの、かくせよという注文は一切考えていない。まったく無条件だ。国としてはかかる重大時局に際し、正しい認識が文筆家一般に浸透することは望むところであり、またそれが急務だと思う」

こうして文学者だけのペン部隊が編成され、陸軍部隊の漢口攻略戦に従軍する。陸軍班は久米正雄、川口松太郎、尾崎士郎、瀧井孝作、丹羽文雄など十三名、九月十一日に出発。海軍班は菊池寛、佐藤春夫、吉川英治、吉屋信子など七名で翌十四日に出発する。文学オンリーの「文學界」同人とは無関係、というわけにはいかなく、陸軍班のなかに、岸田國士、深田久弥の二人の名が見える(編集後記にはペン部隊のことは一言もふれていないが)。

●戦時下の文学状況

もはや文学が政治から独立して吾が道を行く時代でなくなっている。そのときに、いやそういう時勢であればこそというべきか、十三年九月、左翼的作家の「駆け込み寺」の気味のあった「文學界」の同人が一挙に八名もふえて、総勢二十六名の一大勢力となった。このとき加わったのが中村光夫、中島健蔵、今日出海、井伏鱒二、真船豊、堀辰雄、三好達治、亀井勝一郎と錚々《そうそう》たるメンバー。

同人がふえただけではない。誌面も着々と充実の度を加えていった。そして昭和十三年から十四年にかけて、同人外の新進作家の作品もつぎつぎに掲載されている。坂口安吾、太宰治、中村地平など、わたくしがいまも味読している小説をそこに見出して、なんとなく悦に入っている。

芥川賞作品の中山義秀「厚物咲」（第七回）も中里恒子「乗合馬車」（第八回）も、時勢ますますおかしくなっているときの作品であったのか、とあらためて〝珠玉〟という形容詞を思い浮かべたりする。そして、若いころに愛読した三木清「人生論ノート」の連載のはじまったのがこの時代。なるほど、まだ文運隆盛といえるのかなとの思いをあらためて深くした。

十三年七月号の後記で河上が得意そうに書いている。

「今月も亦《また》どうやら思はずいゝ雑誌が出来たやうだ。初め予定の枚数だけのプランを立てゝ呑気に構へてゐたが、締切近くなつて何かと思ひがけない面白い原稿が集つて来たので、段々頁数を殖やしていつた」

それやこれやで、誘われても加わることをついに拒否し続けた高見順が、文壇の売れっ子ばかりの集まりという意をこめ、「文學界」を評して「強者連盟」とよんだのもムベなるかな。

その高見が、少し先の話になるが、十五年七月に伊藤整、丹羽文雄、石川達三、太宰治らもう一組の売れっ子作家とともに同人文芸誌「新風」を中央公論社からだした。しかし、軍の圧迫をうけて一号で廃刊に追いこまれる。緊迫する戦時下の文学状況を物語る一つのエピソードということになろう。

●国家総動員下の作家たち

日中戦争は泥沼化し、それにともなって対米英関係は敵対意識を強めるいっぽうで、昭和十四年から十五年にかけての大日本帝国は、完全に世界から孤立化し、国民感情も閉塞感と圧迫感にさいなまれていく。経済状況も悪化の一途をたどり、無策の政治に翻弄されるいっぽうである。十四年十一月に用紙統制の強化があり、さらに新聞・雑誌の整理統合（第一次）が強行実施される。結果として、雑誌廃刊の数は全国で五百余件を数えた。てんやわんやである。紙の不足という足もとに火のついているとき、将来を見通しての達見など望むべくもない。

そんなときに、林房雄が「文學界」解散論をいいだしたのである。十四年十二月号の同人雑記で、同人はこの五年間でみな偉くなったが堕落した、と明言して林は書いている。

「『文學界』に理想がなくなつた。これが行き詰りの原因だ。（中略）『文學界』が『新潮』『文藝』なみの雑誌になつたら、存在の必要はない。同人は解散してしまへばいゝのだ」

時勢が時勢であり、この林の突然の爆弾発言が同人たちの気持を揺さぶり、しばらく活潑な論議が闘わされていたことが編集後記などでよく分かる。文学もまた、混迷する政治の影響をうけ、その存在理由を文学者がみずから問わねばならぬときになったのであろう。

論戦も、しかし、十五年春を迎えたときにはひとまず収まった。そして上田広、火野葦平、中山義秀の三人を新同人として迎えている。四月号の編集後記で河上がそのことを紹介しつつ、ちょっと愉快なことを書いている。

「解散するとかしないとかいふ大荒れの後で、新同人三人とは、いさゝか泰山鳴動の傾向ぢゃないか、といふ弥次《やじ》が飛びさうな気がする。そんな、文學界のなかに党派性しか見ない言葉は、勝手にいはせておく。それよりも我々は、従来に増して此《こ》の雑誌を盛り立ててゆく覚悟と保証を得たことを、此の度《たび》公言出来るのだ。それは本号を通読したゞけで認めてくれる読者もあることと思ふ」

それとともに責任編集も小林と河上の二名だけではなく、今日出海、中村光夫、深田久弥、林房雄に加わってもらうことも決めている。人心一新の体制強化というところである。

こうして「文學界」が精神としてもういっぺん清新の気でスタートを切ったのと時を同じくするように、世上には近衛新体制が声高に叫ばれだし、七月にその近衛文麿が首相になるにおよんで沸騰点に達する。そして、その新体制運動が尖鋭化していった果てに出現したのが大政翼賛会である。

昭和史をくわしく書くことが目的ではないので以下は簡略にするが、この近衛内閣がやったことが陸海軍各報道部、内務省警保局、外務省情報部の一元化なのである。すなわち〝出版新体制〟総本部たるにふさわしい情報局の設立である。そしてこの大官庁が、文化統制ならびに指導、国策宣伝、対外思想戦などの最高機関となる。それにともない、それまで企画院や商工省が中心となっていた用紙統制もここに移され、新聞雑誌用紙統制委員会が立ち上げられ、新聞・雑誌の生命である用紙の配給統制をその手に握ったのである。結果として情報局に睨《にら》まれれば、たちまち雑誌はおしまいとなる。

なんとも息苦しくやりきれない時世となったものである。国家総動員のかけ声のもとにあって、「紅旗征戎吾事に非らず」とはいかなくなった。「文學界」もそうした状況下で、当局に敵視されないためにも、国策にそって大いに働かねばならなくなる。その一つが文芸銃後運動の一環としての講演旅行。同人諸氏はじつによく日本中を飛び回りはじめる。そのうちの東京大会を例にとると、七月八日＝阿部知二と川端康成、十日＝芹澤光治良と横光利一、十二日＝舟橋聖一、十四日＝林房雄といった陣容である。河上が痛し痒《かゆ》しといった心境で書いていると察せられる編集後記をならべてみる。

「これからの文学運動は、かうした抽象的な情熱を実現していく所に大切な仕事があると思ふ。従来私は銃後の銃後の守りを以て自任してゐたが、此の企にはどこかへ参加する積りであ

る」（七月号）
「小林秀雄君の銃後運動の講演が断然好評だつたといふことは身贔屓だけからでなく、我々の文化的使命への信念の実現として嬉しいことである」（八月号）
「（文芸銃後運動の）聴衆は必ずしも文学に積極的な期待をもつてゐる訳ではないだらう。然し此の時局下、心の底に鬱勃《うつぼつ》たる何とかせねばならぬといふ気概を持て扱つて我々の話に耳を傾けるだらう。さういふものに呼びかけて何とかその気概に形を与へるのが文学の仕事だと平素から思つてゐる私は、さういふ気運を素直に信じたいのであつた」（九月号）
こうした国民のなんとかしなければという気運に乗じて、九月下旬、政府はすでにイギリスと戦争をやっているナチス・ドイツと軍事同盟を結んだ。日独伊三国同盟である。この政策決定はいうならば対米英戦争への道を、みずからがひらき大きく踏みだしたことを意味する。戦争必至の空気が日本国民のうちに沸々としてわき上った。
「文學界」十一月号の「英雄を語る」という座談会で、小林と林が意味深長な対話をかわしている。
「林　時に、米国と戦争をして大丈夫かネ。
小林　大丈夫さ。
林　実に不思議な事だよ。国際情勢も識《し》りもしないで日本は大丈夫だと言つて居るからネ。

何処から生れてゐるか判らないが、皆んな言つて居るからネ。（中略）負けたら、皆んな一緒にほろべば宜いと思つてゐる。天皇陛下を戴いて諸共に皆んな滅びてしまへば宜いと覚悟してゐる」

そして、なんということか、この座談会は検閲で削除を命じられているというではないか。日本国民の信念を揶揄《やゆ》したゆえに、それがその理由であったという。

●開戦の朝

ここから昭和十六年（一九四一年）十二月八日開戦までは、ほとんど一瀉千里《いっしゃせんり》、と形容していいであろう。ラジオが開戦を知らせた朝、「文學界」は十七年一月号の締切間際であった。一月号の編集後記を河上がいささか気負って書いている。

「覚悟はしてゐたものゝ、何しろ相手はなうての大物だから、気になるのは当然だ。誰でもラジオの前に頑張つて、心の中で独り角力《ずもう》をとつてゐる」

とした上で、こんな感想をもらす。

「開戦以来非常にすが〳〵しい気持で、仕事がし易くなつた。引続き報道される戦捷のニュースは、一層此の気持に拍車をかけてくれた」

いつ果てるともない泥沼の、中国大陸での戦争に疲れていた国民にとっては、新たな、しかも世界の最強国米英との開戦はまことに深刻なものであった。そこに真珠湾攻撃での圧倒的な大勝の報なのである。それは強烈な衝撃であるとともに、感動でもあり、すべての不安や動揺や焦慮を吹き飛ばす役をはたしてくれたのである。いいかえれば、国民一人ひとりの胸底にひそんでいた愛国のマグマを噴き上げさせた、といっていいかもしれない。

雑誌そのものにではないが、同人のそれぞれもこの日の感動をいろいろなところに書き残している。小林秀雄は「戦争は思想のいろいろな無駄なものを一挙に無くしてくれた。無駄なものがいろいろあればこそ無駄な口を利かねばならなかった」といい、亀井勝一郎は「勝利は、日本民族にとって実に長いあいだの夢であったと思う。（中略）維新以来我ら祖先の抱いた無念の思いを、一挙にして晴すべきときが来たのである」と書いている。

横光利一も日記に躍動の文字をしたためた。

「先祖を神だと信じた民族が勝ったのだ。自分は不思議以上のものを感じた。（中略）自分がパリにいるとき、毎夜念じて伊勢の大廟を拝したことが、ついに顕れてしまったのである」

太平洋戦争中の「文學界」にとくに書くことはないようである。いや、日本文学そのものについても特筆大書すべきことはそれほどない。国家興亡を賭した総力戦にすべてが無茶苦茶に巻きこまれるだけである。国家の存立なくしては文芸雑誌の生きる道はなく、文学も芸術もない。日本の文学界は一つの団体「文学報国会」の掲げる旗印のもとに、まとまって動くほかはなくなった。

十七年四月号の河上の編集後記が、その辛く残念な思いを語っている。

「十二月八日を境に、我々の身内に異常な変化が起つた。我々は居乍らにして散りぢりになつた。たとへ集つたとしても、もとの我々ではあり得ないであらう。別離・孤独、さういつたもの丶内容がすつかり革《あらたま》つた。その昔ハムレットは『時間のたがゞ外れた』といつたが、今日我々は『空間のたがゞ外れた』のを感じるのである」

この文学が思うように書けない寂寥《せきりょう》は、想像だけでは理解できない深く重たいものであったことであろう。

●編集方針は不変？

ただ一つ、文学史的には十七年九月、十月の二号を派手に飾った大座談会「近代の超克—知的協力会議」が戦中の貴重な記録とされている。哲学・歴史・物理などの専門家プラス同人の計十三人の大討議である。各専門分野を超えて戦時下日本の目指すべき共通の理念は何か。それを仮に「近代の超克」と題し論じ合われた壮大な企画であるが、戦後になってとかくの批判をよんでいる。

したがってその詳細についてはすでに専門の方々によって研究し尽くされており、わたくしなど歴史探偵のでる幕ではない。そこでまことに面白いエピソードを十月号の編集後記から拾いだしておく。執筆は河上。

「当日の七月二十三、四日の暑さつたらなかつた。特に気をきかせた積りで、会場の目黒茶寮へ風呂を頼んでおき、皆に浴衣がけで来るやう通知を出したら、『此の重大な会議に羽織袴で出るべきだのに、浴衣がけとは何だ』と林房雄に叱られた。但しさういふ林が議事進行と共に先づ肌脱ぎになり、遂に猿又一つになつてしまつた。前日は五時から、翌日は日盛りの二時から夫々《それぞれ》四時間、亀井（勝一郎）君悲鳴をあげ『どうだい、一時間毎にゴングを鳴らして、十分宛《ずつ》水を浴びることにしては。』」

つまりは、それほど熱をこめて出席者は討議したのである。

緒戦の連戦連勝の戦況は、昭和十八年になると完全に引き潮となっていった。それにともなって、というわけでもないが、八月号から「文學界」は経営面だけでなく、編集まで文春にまかせることになり、翌十九年四月に「文藝春秋」に吸収合併され戦前の生命を終える。通算百十九冊。日本本土への米軍機B29の空襲がはじまるのは、その年の十一月からであった。

戦争中の「文學界」は日本主義に傾き、戦争協力的な誌面になった、との批判をときどき耳にする。旧プロレタリア文学系の人びとにかわって、日本浪曼派系の活躍が目立つようになった、というのがその理由らしい。しかし公正に見て、そんなことはない。最後の最後まで新文学の旗手、文芸復興の魁《さきがけ》たらんの編集方針は変わらなかったと見る。廃刊近くなった時期にも小林秀雄の「徒然草」「西行」「実朝」、永井龍男「手袋のかたつぽ」、中島敦「李陵」などのすぐれた作品が「文學界」に発表されている。

戦後の「文學界」昭和二十七年（一九五二年）四月号の座談会（「『文學界』二十年のあゆみ」）で、そのことについて旧同人たちが語っている。これが正直なところであろう。

「今（日出海）『文學界』が別に右翼的になつたわけじやないのだけれども、日本讃美派になつたね。

林　なつたよ。

小林　そうかい。——そんなことないよ。

中島（健蔵）日本讃美派になつたのもいたかもしれないけれども、最後まで話合いのできる場所ではあつた。日本讃美派でないやつもいたからね。それで、とにかく一緒にいたんだよ。それがつまり『文學界』の特色だつたな。つまり、もともと転向派と芸術派と集つたように、最後は意見は違つていたけれども、一緒にいて中で議論をやつていた。いわゆる『共通の広場』だつたんだ。だからこそ、三木清を弁護して、河上が殴られたり……。（笑声）」

つまりは、そこが文学の文学たる所以《ゆえん》ということなのであろう。

（「文學界」2013年11月号）

終章

平和であれ、穏やかであれ

宮崎駿さんへの手紙

●平和と民主主義の危機

『半藤一利と宮崎駿の腰ぬけ愛国談義』(文春ジブリ文庫)をまとめるため、すこぶるつきの長時間の対談を、それも二回、楽しく行って以来もう一年余もたちます。すっかり御無沙汰いたしました。

あの対談は、「ヨーシ、こうなったらうんと長生きして、やっぱり(長編アニメを)もう一作、宮崎さん、待とうじゃないの(笑)」とわたくしがいい、宮崎さんが「いやいや、それはちょっと待ってください(笑)」で終わっていましたが、あのときもう覚悟を固めていらっしゃったのですね。まさか、と思っていたのですが、「風立ちぬ」公開後の長編アニメーション引退宣言とは!?

対談のところどころでほのめかしておられたことは覚えていますが、男子たるもの決心鉄石の如しであったとまでは気づいていませんでした。迂闊《うかつ》もいいところでありました。

そしていま（二〇一四年）、三鷹の森ジブリ美術館で、引退後の初の仕事となる企画展示「クルミわり人形とネズミの王さま展」が開催中とのこと。三鷹在住の友人が、ホフマン原作の『クルミわりとネズミの王さま』を何度も読んで読み解き、宮崎さんが描き下ろした絵のパネルがダァーと展示されているんだ。おまえも億劫《おっくう》がらずに足を運んでこいや、そのあとで大いに久闊《きゅうかつ》を叙して一杯やろうじゃないか、などと悪魔の誘いをかけてきています。

ほんとうなら展示を拝見してから一筆したほうがよろしいとは心得ているのですが、このところやたらと忙しい身となって、三鷹はすぐそこなのですが、なかなか機会を見つけることができません。それに展示の期問が来年五月（予定）まで、とのことで、ちょっとばかり安心しているところがまた、「三鷹は遠くありけり」の一因なのかもしれません。

もともと八月になるとやたらに原稿などの依頼がきて、〝八月の男〟といわれているせいもあるのですが、今年はとにかくやたらに電話がかかってくる。きまって用件は「集団的自衛権の行使容認について」なんです。宮崎さんはいわゆる「文化人」にはなりたくないとおっしゃっておりましたが、わたくしも正直な話、そうなんです。

根が東京は下町の悪ガキ育ち。小学校六年生の春でしたが、鉄銅製品供出で校庭に立つ二宮金次郎の銅像も明日は徴用される、と聞かされたとき、悪ガキどもと謀《はか》って「あの野郎、薪を背負って偉そうに本なんか読んでやがる。いったい何を読んでるのか調べてやろうじゃねえか」と、自分の学校のはもちろん、近所の小学校（もう国民学校になっていたのかな）の金ちゃんの銅像に片っ端からよじ登って探索したことがありました。

わが校は「忠孝」、となりの学校は「忠君愛国」、いっぱい漢字の彫られているそれもあり、なかには何も書いてないノッペラボーの金ちゃんもいました。「なんだ、こいつメ、さも読んでるふりをしやがって」とコツンと銅像の頭をぶっ叩いたりして、揚句に他校の校長先生につかまってコッピドク叱られたものでした。そんな育ちの悪さ、いまさら憂国の士でもあるまいというところなんです。それに当年八十四歳、昔なら野に隠れ住んでいなければならない齢《よわい》、この期におよんで何をかいわんやという気もあるのです。

でも、特定秘密保護法の制定、武器輸出三原則の緩和、教育委員会制度の改変、雇用・労働時間規制の変更、それに憲法第九条の空洞化をねらう集団的自衛権行使の閣議決定と、戦後七十年近くこの国の平和と民主主義を支えてきた理念や制度が簡単に変えられていくのがいやでもわかります。そうなんだ、一所懸命につくってきた平和日本・主権在民という国家機軸は、かくも根の浅いものであったのだ。この国よ、平和で、いつまでも穏やかであれ、というわが祈りはついに届いていなかったんだ、という情けない想いなのです。

困ったことに、そうなると下町ッ子の心意気というか、盲亀《もうき》の浮木《ふぼく》、優曇華《うどんげ》の花、待っていました、このケンカ買ってやろうじゃねえか、という勇み肌の向《む》こう気《ぎ》がついついでてくるのです。まったく救いようのない悪ガキ的性分のようです。

●一期一会を意識する日々

さっき迂闊もいいところと書きましたが、この場合もほんとうに迂闊千万であったと思います。昨年（二〇一三年）七月でしたか、麻生太郎大臣が例によって迷言というか暴言を吐きました。「（憲法改正は）『静かにやろうや』、と。ある日気づいたら、ワイマール憲法はナチス憲法に変わっていた。誰も気づかないで変わった。あの手口に学んだらどうかね」。

実はあのときに気づくべきでした。麻生大臣が「ナチス憲法」なんてありもしないことをいったばかりに、そっちに気をとられて「この大臣は歴史を知らねえな」と笑ってすましてしまったのがいけませんでした。もうあのころから安倍晋三首相を先頭に権力者グループは十分に策を練って、いかに憲法を骨抜きにするか、いろいろな手だてを考えていた。そうした周到な密議のなかで、ナチスのあざやかな手法のことも話題になっていたのではないでしょうか。ところが耳学問というか聞きかじりのことを、よく理解していないままに麻生大臣はポロリと口にだしてしまって大騒ぎとなった。権力者グループはさぞやシマッタと思ったに違いありません。以後まったくこの話はでてこなくなった。

メディアはそろってこのとき、麻生大臣を半ばからかいつつ、一九三三年三月二十三日可決のナチス・ドイツの「全権委任法」のことをとりあげていました。が、歴史探偵を自称するわたくしは、その前の、二月二十八日に発効された大統領緊急令に注目しました。

これはその前日の国会議事堂放火事件をうけて、閣議決定によって成立したものなのです。正確には「ドイツ民族に対する裏切及び反逆的陰謀取締のための大統領令」といいますが、中味は細かく分かれていまして、「ドイツ民族の保護のための命令」「ドイツ国民法」「ドイツ国民の文化的資料を守るための特別措置」などなど、これを十把《じっぱ》ひとからげにして閣議決定し、ヒンデンブルク大統領にムリヤリ署名させて、即時発効したものなんです。

これによって言論や集会の自由も厳しく縛られ、ユダヤ人保護も、共産党など政府批判政党ものきなみ弾圧されました。麻生大臣の言い草ではないですが、それこそアッという間に、しかも「静かに」やられてしまいました。

問題の「全権委任法」はこの大統領令に乗っかって成立したもの。「政府の作る法律は憲法に違反できる」という条令を入れてたった五条、これで十分でした。ワイマール憲法を改正する必要もなく、これを無効化できたわけなんですね。安倍首相たち権力者グループの急げ急げとやったことはそういうことであったのだなといまになって分かります。とにかく権力側は綿密な研究と周到な準備を前もって十分に進め、スケジュールどおりに一気呵成《いっきかせい》に推し進めた。国民が気づいたときには憲法は変わっていたという状態がいちばんよろしい。そう政府は政略をめぐらしていた。わたくしが迂闊であったというのはその意味なんです。

しかもあれほど急いで集団的自衛権行使容認を閣議決定しておいて、いくつもある関連法案は来年（二〇一五年）春の統一選挙後に、それも一束にして審議するんだそうで、これまた十把ひとからげのナチスの手口に学ぼうというのですかね。

いやあ、閑雲野鶴《かんうんやかく》というか光風霽月《こうふうせいげつ》というか、せっかく爽《さわ》やかな日々を過ごしておられるであろうに、お眼を汚すようなことを長々と書き連ねました。これも腰ぬけ愛国論の続きの長談義とお許しを。江戸ッ子の生まれ損ないのおしゃべりめ、などと思わないでください。

八十歳を超えると、人生これでお終《しま》いと何でも簡略化してしまいがちになる。でも、太平洋戦争末期、中学三年生、勤労動員で働いていた軍需工場の出口で、「じゃ、また明日な」と手を振って別れた友が、翌朝には姿を見せないことがしばしばでした。夜間の空襲でまともに爆弾をうけて亡くなったことを後で知らされたのですが、そんな友の泣きべそをかいた顔がときどき浮かぶのです。

そんなこともあって、人間八十歳を超えると、日々「一期一会」を意識することがしきりです。なつかしく親しい人がボロボロ欠けていきます。戦火をやっとの思いで生き延びることができた人びとにも、毎年亡き数に入る人がいちじるしい。望むと望まざるとにかかわらず、人の生命には「果て」があるのですね。つまり「涯《はて》」です。『荘子』にこんな言葉があったと思います。「吾が生や涯あり、而《しこう》して知や涯なし」、それで人生こんなことでいいのだと簡略化せずに、しつこく、この八十爺は頑張っているのだなとご理解の上、お笑いください。

いま、これを書いている窓外に雀が四羽きて、まいたパン屑《くず》をつっついています。なかの一羽、羽の斑《はん》がはっきりしているちょっと痩せたやつが、ほかの三羽と違って度胸よく、逃げ足を用意することなく窓のすぐそこまでやってきます。背伸びするように小さな体を長く、グーンとのばして家のなかをのぞきこむ。眼が合うとぴょんぴょん雀踊りして遠のきますが、飛んで逃げようとはせずなんとも憎めないやつで、こやつにだけ少し上等の餌をやろうと思うのですが、うまくいきません。いい知恵はないもんでしょうかね。

そういえば、宮崎さんがPR雑誌「熱風」七月号に書いておりましたね。「本当にファンタジーといえるような、こういうまろやかな世界をつくる仕事はあり得るんだというふうに、『クルミわり人形』の原作者ホフマンとずっとつき合っていて思うようになったんですね」と。そんな宮崎さんの心の深さには及びもつかないが、雀の踊りを楽しんで眺めていると、こっちの心ものびのびとする。まろやかになるんです。そしてあらためて、こりゃ、一日も早く三鷹の森ジブリ美術館へ行かねばなるまいと思ったことでした。

どうも長々と下らぬことを書きました。どうぞいつまでもお変わりなく。

（「ＡＥＲＡ」２０１４年８月11日号）

あとがき

昭和二十八年（一九五三年）から平成六年（一九九四年）まで、雑誌の編集者として人生を送ってきました。この四十一年間のお終いのごく数年間を外せば、われながら楽しかったなという思いが自然に湧いてきます。老人というものは昔ばなしにふけると至極いい気になるものです。あるいはその類いのことかもしれませんが。

本書にも書いてありますが、わたくしは東京は向島（現墨田区）の悪ガキ育ちでありました。話す言葉はいわゆるべらんめいの、まことに礼を欠くもの、そして学校の成績も決して誉められたものではありませんでした。もしとりえがあるとすれば、ガキのころから好奇心旺盛であり探究心があり、歴史好きであったということでしょうか。長じてからも、無知の自覚は強い好奇心を弱めなかったし、歴史を学ばねばという想いのゆらぐことはありませんでした。いまは編集者としてのわたくしは、ただそれだけで四十年間を押し通してきたような気がしています。それと学生時代にボートの選手として鍛えた体力と。

それにしても、雑誌の編集者というまことにいい職業についたものと、しみじみと思えてきます。たしかに名刺一枚でだれとでも会えるという特権をフルに使いました。しかも一回こっきりではなくて、膝をつき合わせて貴重な話を聞く機会は何度もありました。そこに編集者冥利《みょうり》があるわけで、その仕事を長く長くやってきたのです。お蔭で滅多にお目にかかれない方々とも懇々たる知己になることができたわけです。

と、得意そうにいうが、本書に何度か登場する永井荷風とはまったく会っていないのでないか、と、あるいは疑いをもつ読者もおられるかもしれません。実は、生前の荷風さんには浅草で三回だけ会っているのです。

すべて公園六区の電気館裏通りにあった「峠」という喫茶店兼食堂、いまでいうスナックにて。いまはありませんが、ここも荷風さんがしばしば訪れた店の一つで、『断腸亭日乗』にも登場します。

その三回のうち二度は、荷風さんはロック座の踊り子と一緒でした。うち一回には忘れられない光景があるのです。荷風さんとやや離れたとまり木で友人と一杯やっていると、扉があいて踊り子が二人、「先生、お待ちどお」と入ってきた。そしてしばらく三人で談笑しながらきわめて遅い食事をとっていましたが、踊り子が「ククク」と忍び笑いをときどき洩《も》らしていたところから察しますと、きっと猥談でも荷風さんが一席やっていたのでしょう。

ところが、やがて勘定となってひと悶着、踊り子のひとりが「アラ、先生、あたいの分は？」というと、荷風さん「だめ、君は招《よ》んでいなかったから」と断固としてはねつけたのです。とたんに「ケチ、ニフウ先生のケチンボ」とくだんの踊り子が大声をぶつけたのに、荷風さん、動じることなく二人分の勘定をすますとさっさと店をあとにしました。どうやら誘ったほうだけにご馳走をし、勝手についてきたほうは自前だと荷風さん一流の合理性を押し通したらしい。いかにも荷風らしいやと感服したことを覚えています。

『日乗』の昭和二十五年八月五日に「燈刻雨の晴れ間浅草に行く。ロック座踊子と常磐座裏の喫茶店峠に少憩してかへる」とあります。あるいはこの夜のことであったかもしれません。「峠」では三度とも荷風さんは若鶏のレバーの煮込みをパクついていたと記憶しています。そしてただ一回だけ、思いきって「爺さん、うまいか」と聞いてみました。

「ウム、少々鶏《とり》は固いが……」

荷風さんと口を利いたのはこれだけでした。

本書には、編集者時代に言葉を交わすことのなかった文士が何人か加わっております。大正十一年（一九二二年）七月九日に没した森鷗外は、わたくしがこの世に生をうける前ですからもちろんのことです。そうであるなら、いっそのこと、鷗外よりさきに亡くなった夏目漱石にかんする雑文も何か一本、是非にも入れておくのであったと、いまは残念に思っております。雑誌編集の仕事から退いて物書きとして身を立てようとしたとき、大そう影響をうけた、いや、お世話になった作家に漱石先生がいるからです。

それで最後に、『創作家の態度』という講演のなかで、漱石が文学の歴史的研究について留意すべしと訴えている四ヵ条を、蛇足かもしれませんが、あげておきたいと思います。それはあながち文学史のみにかぎることではなく、わたくしのような歴史探偵たるものが銘肝すべき心得の条とおきかえても、それほど誤りではないと考えるからです。

㈠現在をすべての標準として、歴史的価値を裁断してしまうこと。

㈡歴史の必然性ばかりを強調し、偶然性や想像性を捨て、複雑なことを一筋化してしまうこと。

㈢主義の名に固執し、異なった事象や変化を同一視してしまうこと。

㈣形式的な分類によって、すべてを律してしまうこと。

漱石先生が戒めているのは以上のとおりですが、これすなわち安吾さんの諭《さと》しであり、清張さんの述懐であり、司馬さんの教えであったと思います。達人たちのいうことはみんな同じだな、というのがいまのわたくしの認識です。

さて、本書を担当した編集者の加藤真理さんはどちらかというと口数の少ない人ですが、ときどきキラキラと光らせる眼光には鋭いものがあるようです。仕事ぶりも、こっちの逃げ口上には聞く耳をもたずと、徹底しています。その加藤さんが、頼まれてほうぼうの雑誌に書き散らしたものをきびしく取捨し、本一冊ぶんになるように見事に編集して、ドーンと目の前においてきました。その上に、講談社第一事業局の村上誠さんが、こちらはニコニコとした笑顔で、加藤さんにエールを送り続けるのです。本書はこのようにしてできあがりました。

ほんとうはあまりにも昔に発表した雑文もあり、それにこれまでに何度も語ったり書いたことがある内容のくり返しなので、二の足を踏むところがあったのです。それにもう晩年のわたくしには世の注目をあびたいという栄誉心や、はかない野望や、やみ難い懐旧の情があるわけでもありません。何か特別な自負心や衝動にかられたわけでもないのです。が、歴史探偵として八十六歳まで働いてこられたのは、高見さん、安吾さん、清張さん、司馬さん、それと伊藤正徳先生のお蔭ではないか、と思い直すところがありました。

そのことを一冊にまとめておいてもいいか。何も報恩とかの格好づけの話ではなく、わたくしのような東京は下町の悪ガキ育ちのぼんくらが、いかにして歴史、とくに昭和史の面白さに魅せられ研究にのめりこんでいったのか、これから志を立てる若い人たちの参考にあるいはなるかもしれないと、少々大それた思いがしてきたからなのです。

いま、本書のゲラを読み終えて、いくらかはホッとしております。〃参考になる〃ところはあまりないようですが、ひとりの歴史好きがこのようにして誕生したことがかなりわかってもらえるのではないでしょうか。わたくし自身もゲラの読み直しと手入れをしながら大いに愉しみました。そして勉強にもなりました。読者にとってもこの本がそうであるかどうか、それはわたくしにはわからないことです。おそらく読者によっても違うでしょう。しかし、本書にでてくる先生方の言葉については、わたくしは嘘を少しも書いていません。語ってくれた言葉そのものばかりですから（もちろん、一字一句正しいとはいえませんが）、言葉そのものを味読していただければ、きっとだれにも愉しめる、そうあれかしと願うほかはありません。

ともあれ、加藤さんと村上さんに、心から感謝申しあげます。ありがとうございました。

二〇一七年二月

半藤一利

初出一覧

第1章 わが人生の道を開く

・悪しき子分（原題「初めと終り」）／『高見順全集』10巻「月報」勁草書房　1971年12月
・〝歴史開眼〟のとき（原題「安吾さんのこと」）／「文藝別冊 坂口安吾」河出書房新社　2013年
・「歴史タンテイ」弟子入り（原題「『時代の行間』を見つめた安吾」）／「望星」2009年6月号 東海教育研究所
・漂泊の達人、永井荷風（原題「日本からの亡命者」）／「NHK知るを楽しむ 私のこだわり人物伝」2008年8-9月 日本放送出版協会
・戦争直後の荷風／『荷風全集［第2次］』第13巻「月報14」岩波書店 2010年
・この世に仕掛けた罠／「季刊アステイオン」No.5 1987年夏 サントリー文化財団・生活文化研究所（編集）

第2章 司馬遼太郎さんの遺言

・よき日本人とは（原題「古きよき日本人の賞揚」）／「清流」1997年4月号 清流出版
・合理的な戦略戦術こそ（原題「『桶狭間』と『日本海海戦』二つの戦いに通ずる合理主義とは」）／「日経Masters」2003年1月号 日経BP社
・自然をこれ以上破壊しない！（原題「司馬遼太郎さんの遺言」）／日本サムスン広報誌「いい人に会う」4号 2007年3月
・文学的真実が歴史的真実になるとき（原題「歴史小説の自由さ」）／「季刊文科」第60号／2013年9月 鳥影社
・ノモンハン事件を書かなかった理由（原題「無謀なノモンハン事件を叱る」）／「司馬文学再読12」産経新聞 1996年5月31日付
・文明のあとに来るもの／「Voice」1997年3月号 PHP研究所

第3章 松本清張さんの真髄

・ノンフィクションの先駆（原題「清張さんの骨法」）／「ちくま」2008年4月号 筑摩書房

・『日本の黒い霧』と現代史／『日本の黒い霧 下』「解説」文春文庫 2004年
・小説に託された裏面史／『球形の荒野 下』「解説」文春文庫 2010年
・二・二六事件と石原莞爾（原題「松本清張の昭和史」）／「松本清張研究」第16号 2015年3月 北九州市立松本清張記念館

第4章 亡き人たちからの伝言

・鷗外の軍事用語 初出不明
・わが子に贈る五通の手紙（原題「わが子にも読み聞かせたい五通の手紙」）／「プレジデント」2001年9月3日号 プレジデント社
・犠牲になった人々は浮かばれない／「文藝春秋」2004年9月特別号 文藝春秋
・志賀直哉の愛した奈良／「ひととき」2005年10月号 ウェッジ
・『吉井源氏』に学ぶ女性学（原題「『吉井勇訳 源氏物語』の読みどころ」）／「月刊百科」2011年6月号 平凡社
・玩亭センセイの藝の力／『膝を打つ―丸谷才一エッセイ傑作選2』「解説」／文春文庫 2015年
・史実に向き合い書いた戦争の真実（原題「追悼 阿川弘之 責任を背負って史実を書いた」）／「文藝春秋」2015年10月号 文藝春秋

第5章 新しい文学への船出

・菊池寛、天衣無縫の人生（原題「生活第一 菊池寛の天衣無縫の人生」）／『歩んできた道と人』社団法人日本文芸著作権保護同盟 2003年
・「文學界」の昭和史（原題「『文學界』八十年の軌跡『文學界』の昭和史 戦時下の編集後記を中心として」）／「文學界」2013年11月号 文藝春秋

終章 平和であれ、穏やかであれ

・宮崎駿さんへの手紙（原題「半藤一利より宮崎駿への手紙」）／「AERA」2014年8月11日号 朝日新聞出版

装画　半藤一利
ブックデザイン　鈴木成一デザイン室
編集協力　加藤真理

半藤 一利 はんどう・かずとし
作家。一九三〇年、東京生まれ。
一九五三年、東京大学文学部卒業。
同年株式会社文藝春秋入社。
「週刊文春」「文藝春秋」各編集長、
出版局長、専務取締役などを歴任。
退社後、文筆業で活躍。歴史探偵を名乗る。
『日本のいちばん長い日』、
『漱石先生ぞな、もし』(新田次郎文学賞)、
『ノモンハンの夏』(山本七平賞)など著書多数。
『昭和史 1926-1945』
『昭和史 戦後篇 1945-1989』(平凡社)で
毎日出版文化賞特別賞受賞。
二〇一五年、菊池寛賞受賞。

文士《ぶんし》の遺言《ゆいごん》　なつかしき作家《さっか》たちと昭和史《しょうわし》

二〇一七年三月二十一日　第一刷発行

著者　半藤《はんどう》一利《かずとし》

発行者　鈴木　哲

発行所　株式会社　講談社

東京都文京区音羽二丁目一二―二一　郵便番号一一二―八〇〇一

電話　編集〇三―五三九五―三五二二

販売〇三―五三九五―四四一五

業務〇三―五三九五―三六一五

印刷所　慶昌堂印刷株式会社

製本所　株式会社国宝社

ISBN978-4-06-220520-7